加薪秘诀

L'Art et la manière d'aborder son chef de service pour lui demander une augmentation

Georges Perec [法] 乔治·佩雷克 著 吴晓冬 译

著作权合同登记号　图字 01-2017-1140

L'Augmentation by Georges Perec
This book was first published by Hachette littératures in 1981
© Librairie Arthème Fayard 2010

L'Art et la manière d'aborder son chef de service pour lui demander une augmentation
 by Georges Perec
This book was first published by Hachette littératures in 2008
© Librairie Arthème Fayard 2010
本文初刊于 1968 年 12 月《*Enseignement programmé*》杂志（Hachette/Dunod）第 4 期。

图书在版编目（CIP）数据

加薪秘诀/（法）乔治·佩雷克著；吴晓冬译.
—北京：人民文学出版社，2017
ISBN 978-7-02-012317-9

Ⅰ.①加… Ⅱ.①乔… ②吴… Ⅲ.①长篇小说-法国-现代 Ⅳ.①I565.45

中国版本图书馆 CIP 数据核字（2017）第 022137 号

| 责任编辑 | 卜艳冰　何家炜 |
| 装帧设计 | 高静芳 |

出版发行	人民文学出版社
社　　址	北京市朝内大街 166 号
邮政编码	100705
网　　址	http://www.rw-cn.com
印　　刷	山东德州新华印务有限责任公司
经　　销	全国新华书店等
字　　数	85 千字
开　　本	889×1194 毫米　1/32
印　　张	6　插页 2
版　　次	2017 年 5 月北京第 1 版
印　　次	2017 年 5 月第 1 次印刷
书　　号	978-7-02-012317-9
定　　价	29.00 元

如有印装质量问题，请与本社图书销售中心调换。电话：01065233595

目录

加薪秘诀 / 001
加薪 / 035
又即 如何撇开卫生心理气候经济以及其他条件的影响营造最佳机会要求上司调薪

巴氏口袋 / 101

加薪秘诀

经过深思熟虑鼓足满腔勇气您决定去见您的上司请求加薪所以您去求见上司简便起见因为不简总是不便我们且称他张三先生也可叫作张先生或者干脆就是张生所以您去见张生要么张生在他的办公室里要么张生不在他的办公室二者必居其一如果张生真要在办公室里那倒也好说但很显然张生没在办公室所以您基本上只剩下一件事儿可做守在走道上等他返回或者到达办公室权且假设并非他来不了否则除了回您自己的办公室等到下午或者第二天再重新尝试之外别无他法但假若他不是来不了而是耽搁了还没来这事儿半点也不稀罕这种情况下与其继续在走道里遛弯儿您最佳的选择莫过于去找您的同事李小姐为了给我们干瘪生硬的演示增加点儿人情味下文中我们不妨称她李四小姐但是要么李四小姐在她的办公室里要么李四小姐不在她的办公室二者必居其一如果李四小姐在办公室里那倒也好说但假设李四小姐不在办公室呢这种情况下既然您无意继续在走道上遛着弯儿等待张生何况您也无法确定他是否会返回或者到达办公室那么您就只有一个办法了到其整体组成了这家雇用您的机构的全部或部分的各个科室去转上一圈然后再回头去找张生一边暗暗期盼这次他总到了吧然而要么张生在他的办公室里要么张生不在他的办公室二者必居其一姑且假设他不在所以您守在走道上遛着弯儿等他返回或者到达办公室这固然不错但假若他迟迟不至呢那您就去看看李四小姐在没在要么她

在办公室里要么她不在二者必居其一如果她不在您最妥帖的做法自然是到其整体组成了这家雇用您的机构的全部或部分的各个科室去转上一圈但还是假设李四小姐她在办公室吧这种情况下要么她心情不错要么她心绪不佳二者必居其一我们先且假设李四小姐心情不好那简直是一点儿也不好这种情况下也用不着泄气到其整体组成了这家雇用您的机构的全部或部分的各个科室去转上一圈然后再回头去找张生一边暗自盼望着他已经到达办公室了然而要么张生在办公室里要么张生不在办公室二者必居其一不过说起来您自个儿呢您在自己的办公室吗不在吧那您凭什么指望张生待在他的办公室呢指不定他这会儿就在您的办公室呢等您回去时好交给您一块肥皂又或者正在他自己上司的办公室门口遛弯儿呢哦对了他那位名叫王二的上司我们将在后文中称其为王生所以张生不在他的办公室因此您守在他办公室外的走道上遛着弯儿等他返回或者到达其实我们不难想象张生还要过上一阵子才会到达或者返回所以为了打发您因单调的晃悠而可能生出的无聊我们建议您去跟同事李四小姐闲聊一时半会儿当然前提有二一是李四小姐在她的办公室里如果她不在就到其整体组成了这家雇用您的机构的全部或部分的各个科室去转上一圈除此之外您也没什么别的选择除非您想回自己的办公室等候更有利的时机二是她的心情也还不错如果李四小姐人在办公室但心情欠佳那您就到其整体完整或部分地成了雇用您的机构的全部或部分的各个科室去转上一圈吧简便起见因为不简总是不便姑且假设李四小姐不但人在办公室而且心情也不错那么您就进去和她聊上片刻稍后要么您发现张生正抵达或返回他的办公室要么您没见着张生抵达或返回办公室无论如何

二者必居其一我们且做最贴近事实的假设吧即您没有见到张生因为他根本就没回来嘛这还算是不错的理由毕竟排除了对我们的演示而言可说灾难性的假设比如您与李四小姐聊得太过投入以至于没能发现张生已经到达或者返回办公室了这种情况下您应该和李四小姐继续聊下去除非是很不走运你们的闲谈让李四小姐感到心情不畅若是不幸言中您也只好再一次到其整体组成了这家雇用您的机构的全部或部分的各个科室去转上一圈然后满腹心事地回到您自己的办公室等待更好的时日但总会有那么一刻正与李四小姐交谈的您发现正要抵达或者返回办公室的张生从外面经过这时您的行动就得灵敏又迅捷告辞时别忘了找一个合适的借口否则就会得罪李四小姐那么下一次她就不会再给您与她侃谈的机会了这样的话您就不得不到其整体组成了这家雇用您的机构的全部或部分的各个科室转上一圈又一圈而这样一圈圈转下来不免令人生疑甚至会让您的上司感到不快这显然不是您想要的结果所以您离开时还是要找一个合适的借口比如说我得去换张唱片或者我午饭时恐怕被一根鱼刺卡住了喉咙又或者实在不好意思但我得去接种麻疹疫苗了然后您去见张生毕竟刚刚亲眼看见他经过所以您完全有理由认为现在张生的的确确在他的办公室里简便起见因为不简总是不便我们假设张生确实在他的办公室里可即便如此也千万别忘了正如尤内斯库所言当门铃响起时或许有人或许没人而谁都知道真相便在二者之间所以张生在他的办公室里考虑到张生是您的上级您进去之前先敲敲门等他回应要么张生抬起头来要么张生不抬头显然二者必居其一如果他把头抬起来这意味着至少他察觉到了您来请见并且愿意对此作出回应至于是肯定还是否定的回应随后就

见分晓而我们也可随之加以分析但如果他非但不抬头反而继续拨打电话查阅文件为钢笔注入墨水简而言之继续专注于您敲门时他所专注的事务那要么是他没有听见您敲门但我敢肯定您的敲门声既干脆又清晰要么就是他不愿意听见您敲门总之对您而言结果没有分毫的区别因为就算是他没听见您敲门但您真要强行坚持的话即便算不上失礼也绝对是失宜的所以他若是不抬头的话那您还是先回自己的地方看是等到下午还是第二天还是下个星期二还是四十天之后再来碰运气吧自然您下一次去见张生时还得他在办公室才行如果他不在您就守在走道上等他回来如果他耽搁了您就去找李四小姐如果李四小姐也不在您就到其整体组成了这家使唤您的机构的全部或部分的各个科室去转上一圈然后您再回头去见张生如果他还是没在您就在走道上等着或者您去找李四小姐也行前提是她不仅人在办公室而且心情也不错否则您就到其整体组成了这家雇用您的机构的全部或部分的各个科室去转上一圈然后您再回头去见张生如果他不在您就在走道上遛弯儿等他如果他耽搁了您就去见李四小姐但首先得假定她人在办公室其次心情也还不错这时您就去跟李四小姐攀谈一番直到您发现门外经过的张生正抵达或者返回他的办公室此外这一简单的条件序列也允许我们考察某种即便相对罕见但也说不上绝无仅有的情况即您去见张生时他正好在办公室您也因此无需在走道上等候无需核实李四小姐是否在她自己的办公室不用每次都要随机评测李四小姐的心情不必到其整体组成了这家压榨您的机构的全部或部分的各个科室晃荡所以张生正好在他的办公室里由于张生是您的上级您进去之前先敲敲门然后等待他的回应若是他不作回应那显然您只能一切从头来

过因为不简总是不便故此怀着对于简便的殷殷切望我们甚至假设当您敲门时出奇地张生的的确确待在办公室里也的的确确抬起了头诚然这意味着张生听见了您敲门但却绝不等于他会立刻接待您事实上与其回应相伴的诸多示意行为传达着诸多信息并可归纳为三大类而由此将确定您的三种特别应对措施首先他完全可以通过诸如从右向左又从左到右地水平摆动两三次脑袋或者一道意味深长拒绝合作的盛怒眼神或者绝不应景的随口回应来向您表明他绝对没有立即接待您的打算不仅如此就算在不远甚至遥远的将来也无此可能但我们有理由认为这样的假设未免过于悲观坦率地说甚至会带来毁灭性的打击故此不予考虑反之若是认为您的上司会从下向上又从上到下地垂直移动头首或者朝您露出最亲切的微笑我姑且这么讲吧并请您立马进去那又未免过于乐观近乎恬然自足了事实上这样的假设几乎无法成立而且在日常中也一再为事实所悖故此我们判断其可能性与前者同样渺茫很显然我们只能转而考虑第三种假设即您的上司特意传达给您个人某种缓时信息表示同意考虑之后接见您的可能性说穿了就是您的上司不能或者是不愿立即接待您但原则上而言他并不回绝您的求见只是请您能善解人意等到 14 点 30 分再来见他考虑到这会儿才 9 点 30 分很显然您既不会在走道上或是李四小姐的办公室里一直等到两点钟再过去半小时也不可能就这么在其整体组成了这家雇用您的机构的全部或部分的各个科室不停转悠所以您先回自己的地方然后仔细思考诚然您的上司很大度地让您 14 点 30 分再去见他诚然您知道您的上司是个说话算话的人否则他就做不了您的上司诚然您知道他向不轻率开口但即便不说是天有不测风云至少您早已习惯生活中的各

种意外自然明白某些时候仅仅是微不足道的小事便足以让一名上司心情大坏即使他是这世上最好的人也不例外而在支付您薪酬的这家企业里更是如此因此九点半提出的某项建议到了14点30的时候极可能再无多大意义哪怕原因仅仅是这期间发生的午餐中那始终甚为关键的一刻毕竟已成定制的午餐都不能愉快进行您的谈话对象还能不觉得恼火所以您最好还是了解一下快餐部的菜单午饭时则不妨利用眼角的余光来留意您上级的进食状况针对可能出现的几种不同情况您需要分别做出恰当的反应假设这天是个星期五快餐部准备的要么是鱼要么是蛋二者必居其一假设快餐部准备的是鱼要么您的上级被鱼刺卡住了喉咙要么您的上级没有被鱼刺卡住二者必居其一假设你的上司兼上级吞了根鱼刺卡住了喉咙那么千万不要在14点30分去他的办公室否则您就会犯下近乎致命的错误先等到第二天再说不过话说回来这也挺麻烦的因为星期五的第二天可是星期六而星期六您又不上班由于这个问题比较棘手我们建议还是稍后再作更进一步的讨论所以简便起见因为不简总是不便我们假设尽管快餐部午饭准备的是鱼但是您的上司并没有被鱼刺卡住因此您的计划不用作任何改动您可以信心十足地等到两点半此外为进一步简便起见我们可以假设尽管是个星期五但快餐部并没有做鱼那自然可以想见快餐部做的是蛋这种情况下要么蛋是坏的要么蛋没坏二者必居其一假若蛋是坏的您觉得好意思跟一名因为或许很严重的食物中毒而备受折磨的上司提起加薪么当然不那么等到第二天再说吧周末好好调养一下总不成快餐部每次准备的都是坏蛋那也太没道理了因此当某天快餐部准备的不是坏蛋时您就可以安心地等到两点钟再过去半小时然后去见您的上司

简便起见因为不简总是不便不妨假设您的上级喜欢吃蛋并且假定如何大致辨别存放时间过长的蛋的问题已得到解决现在再来假设出于种种原因这一天不是星期五这是较为理想的情况因为快餐部准备鱼或蛋的可能性会小一些而您的上司被一根鱼刺卡住喉咙或因坏蛋而中毒的风险也相应减少此外如果您的上司召您第二天来见也不至于因此摊上星期六您的任务完成起来就会更方便但却不能误以为只要不是星期五午餐的问题就不存在了事实上我们极可能遇上封斋期这种情况下要么午饭有鱼要么午饭有蛋二者必居其一如果有鱼的话要么您的上司被鱼刺卡住喉咙要么您的上司没有被鱼刺卡住如果他没有被鱼刺卡住您就平静地等到下午如果他被鱼刺卡住了您就尽可能平静地等到第二天其实要能等到封斋期结束那会更好这里我们且不考虑您自己也被鱼刺卡住的情况鉴于您异常焦躁不安的状态这种可能性其实相当高但这毕竟只是您自己的事情最好是吞一些面包瓤虽然是个偏方但却行之有效不信的话尽管去问您的上司不妨假设午餐准备的是蛋要么蛋是坏的要么蛋没坏二者必居其一倘若蛋没坏您却在上司脸上发现了红疹那一定有别的原因可能便是麻疹但若真是蛋的存放时间过长那就完全有理由担心那些没能忍住口腹之欲的人出现食物中毒而您的上司又恰好是其中之一那么至少等到第二天再说万一情况实在变得很严重那您就得等到封斋期结束又或者等到您的上司完全恢复健康这就要好几天好几周或好几个月的时间又或者上面已经指定了继任者前来接替他的工作您怎么跟现任打交道的就怎么跟新上司打交道两者没有半点区别除非正好是您本人被指定继任您刚刚亡故的上司的职务嗨呀都快乐死了那么您也不必在加薪的问题上显得如

此这般的急切了先等上几个星期几个月或者几年然后再去见您的部门主管或者雇用您的企业的总裁提出您的要求而求见部门主管或者总裁请求加薪的艺术与方法与求见张生那样的科室主管提出同一请求的艺术与方法是否有共通之处呢这无疑是一个相当严肃的问题以目前我们手上的资料还不足以模拟实际情况提出解决方案甚或是展开讨论因此简便起见因为不简总是不便我们假设要么这天既不是星期五也不是封斋期内的某一日要么我们所在的企业对国教分离的基本原则有着深刻的认同要么午餐供应的是比目鱼脊肉或者当天的新鲜蛋上述种种说穿了不过是归结于这一简单的建议绝对不要在星期五或封斋期内去见您的上司既然午餐的问题看起来已经得到解决您现在对上司的良好接待状态也可以放心了当然了除非这天是星期一如果遇上了星期一那么等到星期二再说但谁会蠢到专挑星期一去见他的上司请求加薪呢当然也没人会傻到非要在星期五下午或者封斋期内随便哪个下午去办这事儿那样只能让您自处窘境因为您要谈及的问题本来就够麻烦了可对面的人非但不能倾听您的要求还要一直担心刚刚吞下的鸡蛋是否真的新鲜或者有没有咽下足够的面包瓤来裹走不幸卡在他喉咙里的鱼刺通常而言这也就是我们私下里说说罢当上司的胃功能完全有可能压制住他的行政-等级-职业功能时与之打交道绝非是一件幸事选择在早上去见他就要好得多但毕竟是他本人请您在14点30分去见他所以您也只能顺从已经是14点30了所以您去见张生要么张生正在办公室要么张生不在办公室二者必居其一您会说既然他让您在14点30过去那么无论如何他在14点30都应当留在办公室里才对诚然如是但要真这么想那就太不了解上级们那奸狡乃

至于诡诈的灵魂了张生为了让您清晰无误地感受到他是您的上司完全可以让您两点半去见他而自己在两点半的时候却并不待在办公室里这正是他最基本的权利用某些人的话说这甚至是他的义务您该怎么办呢千万不要感到绝望多点耐心既然张生告诉您他会在14点30接待您或许他很快就会赶回来所以您不妨在走道上遛遛弯儿遛遛弯儿等他回来如果他略有耽搁您可以去跟李四小姐攀谈片刻当然这得李四小姐在办公室才行如果李四小姐不在她的办公室您就到其整体组成了这家雇用您或者更应该说压榨您的机构的全部或部分的各个科室去转上一圈再回来碰碰运气或到了这会儿张生都还是不在办公室那也不打紧就在走道上等着吧如果他迟迟未回就去跟李四小姐侃上一会儿维克·多雨果和罗兰·巴克利大概会用这个词吧①但前提有二一是李四小姐正在自己的办公室二是她的心情也还不错否则就到其整体组成了这家您并非旗下精英的机构的全部或部分的各个科室去转上一圈一边在内心深处诅咒您的上级言而无信但若事实正好相反李四小姐不但在自己的办公室而且一如惯常心情极佳您就可以寻她作伴把话题引到午餐准备的鱼肉质量如何或者鸡蛋存放了多长时间或者想逮见张生有多困难等方面多少畅谈一番啊呀呀就在这个时候至少为您着想我们希望如此您会看见张生自外经过您赶紧编一个过得去的借口比如我得去换唱片了或者我喉咙里怕是卡了根鱼刺或者鸡蛋不会是坏的吧又或者您的脸上有红疹别是染上麻疹了吧然后您去张生的办公

---

① 雨果《悲惨世界》中的人物柯赛特（Cosette）与法语单词闲聊（causette）音同形近，喜剧表演艺术家罗兰·巴克利向来喜好这种文字游戏。

室前敲敲门照说没有任何理由张生不在里面按说没有任何理由听见了您的笃笃敲门声他既不抬头也不请您进去讲讲来意毕竟说起来是他本人让您两点半再来的如果现在的的确确到了十五点十二分那也是他的错而不是您的问题不过我们也不能过于防范您建议或者更应该说建议您防范并虑及下述的某种或者更应该说某几种情况要么听到您的动静他连头都不抬要么他抬起头只是为了明确地告诉您他不能或者他不愿接待您反正不能还是不愿对您而言都毫无分别要么他很乐意接待您但却不是现在而只能是第二天上午或第二天下午两点半但若次日是个星期五其实遇上这种情况也很正常您就得注意当天的菜谱因为有鱼的话说不准您的上司就会被鱼刺卡住从而心情大坏这不耽误您的事儿吗或者运气够好午餐没鱼那自然有蛋而鸡蛋说不定就是坏的您的上司极有可能因此出现不适况且即使这不是星期五的前一天星期四第二天也极有可能是封斋期的头一日从午餐的角度因此也是从您上司接待状况的角度而言这会造成或者有可能造成同样令人懊恼的结果如果您在他琢磨鸡蛋是否新鲜或者揣测卡在食道中的那根鱼刺的未来时贸然打搅他肯定会怨恨您的即使第二天不是星期五也不是封斋期的头一日或者期间任何一日也要防备遇上星期六因为星期六您的上司不会去办公室您也一样况且这也是使唤您的这家企业仅有的几项福利之一同样还要防备遇上星期天不过这是不可能的要知道星期天的前一天是星期六而星期六您休息还要防备遇上星期一乍一听似乎很荒谬但实则不然因为就第三产业而言星期五的第二天便是星期一所以如果星期五的上午您的上司告诉您星期五下午再去如果星期五的下午他又推到星期一上午不是因为他故意拒绝接待您而

是因为他被一根鱼刺卡住了喉咙或者是因为他完全有理由相信重拍了两次的鸡蛋是坏蛋他固然因此感到忧虑而您也不能不觉得他的担心合情合理您还得防着等到了星期一上午他会更有理由厌烦听您那可鄙的物质诉求可既然不得不去那最好是等星期二上午或下午再来碰碰运气所以假设您星期二上午再次前去尝试显然张生是不在办公室的李四小姐同样不在您因此不得不到其整体组成了付薪让您到其整体组成了作为我们最具国家意义的工业部门中最关键产业之一里最庞大企业之一的这家企业的全部或部分的各个科室转悠的这家机构的各个科室去转上一圈不过您星期二下午再去的时候您的上司正在他的办公室里听见您敲门他抬起头来向您点点头简言之他让您进去这可以解释为午饭既没有鱼也没有蛋而是鱼蛋还有什么比鱼子酱更能让您的上司感到愉悦呢既然他叫您进去您自然不会不进去但您别把怀疑挂在脸上忘掉一切恨怨既然您最终进到了他的办公室那么克制住自己不要去提醒您的上司他完全可以在三个星期前接待您的当时您第一次下定了决心要求加薪鼓足了勇气去敲响他的办公室大门况且他还不在里面让我们把这些都忘了吧您终于走到了这一刻虽然还不曾抵达终点但至少是个能让您陈述问题的庄严时刻当然最好是能有个座儿因为既要敞开心扉又要站着陈述问题即便面前是一位最为亲切和蔼的上司那也是一件相当微妙的事情然而就我所知您目前仍然还站着显然在您的上司发出明确的邀请之前您还不能坐下要么他请您坐下要么他不请您落座二者必居其一如果他招呼您坐下并顺带让您随意些那么事情的发展即使不能说一切如意也还是有可能较为顺利的至少根据您大致能预见的流程可以如此推断但若是他不请您落座您

该怎么办呢不要以为这种情况很稀罕如果他任您站着也不要就此推断这是他对您的蔑视或无视更大的可能是他正因某件烦心家事而备受折磨为防万一问问是否他的几个女儿里有某个染上了麻疹他会回答您是或不是如果他说是确实有一个女儿患上了麻疹悄悄地确认他脸上是否有红疹这一点毋庸赘言如果他的脸上没有红疹那么深呼一口气放松然后以清晰的语声陈述您的问题如果他脸上有红疹您就随便找个借口离开比如见鬼我得去换张唱片或者我怕是给鱼刺卡住了喉咙或者我担心午餐给我们上的鸡蛋是不是有点坏了或者对了好像李四小姐在叫我呢紧急通报急诊处把您的老板在办公室里关上四十个工作日或者说八个星期等过了这八个星期再回去见您的老板他完全有可能待在办公室里但他或许会拒绝接待您这种情况下您稍迟些再来碰碰运气最好是选个上午但不要在星期一也不要在星期五同样不能是封斋期内的某一日别忘了如果您求见张生时他不在办公室您还是可以在走道上遛遛弯儿等他的如果他耽搁了不妨与李四小姐闲聊一会儿当然她得人在办公室还要心情也不错才行或者到其整体组成了这家给您开出微不足道的工资让您辜负生命中最美好年华的集团的全部或部分的各个科室去转上一圈姑且假设一切顺利张生在某个星期三两点半召见了您您在第二周星期二上午十点钟声响起的时候确实如约进了他的办公室他让您进去了但没有请您坐下所以您问他是否有某个女儿患了麻疹他回答您没有可别相信他或者应该说不要以为这能说明几个女儿都没患麻疹除非您通过可信的渠道确知张生只有一个女儿但他有四个女儿的可能性却要大得多反正组织机构图上是这么写的这样的事情没法捏造所以您问他是否某两个女儿患了麻疹他会

回答您是或不是如果他回答是确实有两个女儿患了麻疹都没有必要去看他鼻下是否有红疹最好找个假借口离开比如坏了我的唱片或者哎呀一根鱼刺又或者午餐的鸡蛋我想是不是甚或对了有人叫我应该是李四小姐她有个T60的问题需要我帮忙您一出门就赶紧奔第二急诊处并让人把张生关在他的办公室里直到限定的潜伏期或者说四十个工作日结束为止等这段时间过去后您再去见张生最好是找个星期二或者星期三因为很显然如果您星期四去见他却被推到星期五那么您又会一头撞到午餐有鱼或有蛋的问题上所以最好是排除所有偶然因素准备周全如果期间张生凑巧成功溜出去又还没回来等候他返回的时间里不妨在走道上遛遛弯儿或是跟李四小姐闲聊一阵如果李四小姐还没退休而且心情始终像从前那么令人愉悦的话或者最终还是到其整体组成了这家您错误地加以认同的企业的全部或部分的各个科室去转上一圈为防万一查看一下午餐的菜单给自己接种麻疹疫苗然后满怀希望地回到张生办公室门前简便起见因为不简总是不便我们假设张生正在办公室里听见您敲门他抬起头来并示意您进去但他仍然不请您落座所以您问他是否有某个女儿患了麻疹他回答您不是是否某两个女儿患了麻疹他回答您不是某种意义上而言这是个好答案但它也可能掩盖着一个更加糟糕的事实即他有三个女儿染上了麻疹坦率地问出这个问题如果你的上司回答说是确实有三个女儿患了麻疹连借口都不用找了赶紧离开通报第二急诊处和第一急诊处让人把您的上司连着整个科室甚至邻近的科室隔离四十个工作日您自己也隔离起来吧1966年爆发的18931例麻疹中有109例被证实是致命的所以您躲过一劫的机会还是很大的约为99.5%麻疹是一种传染性和流行

性发疹高热其特征是出现轻度皮肤毛细血管炎如果您要说是由皮肤上细微凸起的小红斑形成的出疹也不错病前及病中均伴有发热鼻炎咽峡炎流泪与咳嗽的症状其主要并发症有支气管肺炎喉炎脑炎利用磺胺或盘尼西林可对之进行有效治疗这可比患上猩红热要好四十天后您还有机会去找企业的法律顾问要求赔偿如果法律顾问不在他的办公室您就在走道上等他或者您去找艾美琳小姐聊一会儿前提是她不但人在办公室而且心情还不错或者您到其整体组成了这家捍卫雇用您的企业的利益的企业的各个科室去转上一圈尽管前面描述的疾病其传染特性广为人知但我们仍然认为同一家庭中同时出现三例麻疹这样罕见的事件足以使这户人家的一家之主兼您科室的一室之主及时察觉从而采取必要措施避免危及还雇用了他本人的企业的整体故此总有那么一次他可能会做出否定回答他的某三个女儿没有患麻疹诚然三个如此未必四个便如此众所周知麻疹爆发前有一段潜伏期您上级家的老四很有可能正处于发疹前期这令做父亲的忧心不已以致忘了请您坐下所以还请关心关心小女儿的健康如果您得到的回答是她的状况确实令人有些担心那就等情况明了之后再行动如果真是麻疹最终是会知道的说到底您都到这个地步了也用不着在意这四十天如果刚好相反您的上司回答说哪怕一丁点的感染迹象都没发现那就不要深究这个问题否则您终究会唤醒您的上司那反而还保持着纯洁的灵魂中的疑虑您不妨这么想卫生方面的寒暄既毕您对上司本人以及他出于情理最该记挂的人均已表示出了足够的关心因而有权找个位子坐下即便您还没有就此得到明确的邀请换句话说要么您坐下来就当是进去后他已经请您落座了一样要么您继续站着但就像是已经坐下了一

般然后您开始谈起那个让您焦虑不安的问题所以现在您已到了这个可称为至关重要的时刻了停下您东抓抓西挠挠的动作放松深呼吸记住不必为了投入而期望也不必为了坚持而成功坦率地陈述您的问题您很清楚您追求的无非是钞票多多您每个月挣 750 法郎而您想挣到 7500 您知道这事儿相当困难您愿意妥协只要求每月 785 法郎再加上一笔年度补贴您希望这笔补贴相当于四十个工作日的薪酬以支付潜伏期的费用您知道您的上司对您玩的花招一清二楚知道他知道为什么您会来到他面前一边病态地啃着手指甲一边搜字逐句您知道他知道您知道而他也知道您知道他知道您知道他或许知道您会知道换句话说您觉得况且这感觉完全正确您觉得直截了当地切入这个问题是敏感笨拙危险的还是得找个借口来说服您的上司加薪是对您理所当然的奖励比如您给他出个主意让这家给了您一切的企业采用后可以从中获益您对国际形势进行了反思随着关税的降低以及关于共同市场那该死的罗马条约的实施竞争将会越加激烈一个月后我们怎么把扩张卖出去当然靠您让我们参股再参股这里面总会剩下点什么的生产速度减缓的节奏越快消费速度放缓的节奏就越慢反之亦然等等但您的上司清楚您的目的是什么于是打断您的话头询问您要谈的是不是一个 T60 问题要么是一个 T60 问题要么不是 T60 问题二者必居其一但您不知道什么是 T60 问题很遗憾不能助您一臂之力因为我本人也不知道所以您就随口应付显然您回答说确实是一个 T60 问题于是您的上司爆发出嘲讽十足的大笑欢呼起来好吧如果涉及的是一个 T60 问题这可不归我管去找 AD4 分部吧只有它最适合操心这事儿于是您只好站起来谢谢您的上司给您出了个好主意然后去找您显然找不到的

AD4分部一边反思您的厄运一边发誓再不会任人这样捉弄只不过这个誓发得稍迟了点所以您一个分部一个分部漫无目的地逛下去然后再回去见您的上司显然首要的条件是您的上司在办公室如果他不在您就在走道上候着如果他耽搁了还没回来就去找李四小姐当然前提是李四小姐她在自己的办公室里而且心情还不是太糟糕不过她现在已经习惯见到您了所以如果她在的话理论上没有任何理由会赶您走否则您就到其整体组成了这家让您浪费了自己最明净时光的庞大机构的全部或部分的各个科室去转上一圈为防万一您再四处打听打听有谁对某个T60问题感兴趣没有然后您再回头去张生的办公室直到他出现为止这一点终归是没问题的除非他头一天吃的不是当天的新鲜鸡蛋因此真的食物中毒或者上次封斋期被一根鱼刺卡了喉咙因此感到不适或者他正处于麻疹发疹前期又或者这会儿他本人正在自己的上司王生的办公室门前走道上遛着弯儿试图找机会跟他谈谈某个U120问题但我们假设一切发展顺利张生正在他的办公室里您敲敲门他却不回应其实遇上这种情况也很正常别灰心但也别坚持否则就是不识趣了不如次日上午再来碰碰您的运气除非第二天是个星期一或星期五即便是星期四也要排除在外因为如果您周四去见他而他又始终不答复您您会被推到哪一天呢既不是次日星期五这个有鱼有蛋的日子也不是第三天星期一那个还没有从周末过度的兴奋中缓过来的倒霉日子而是星期二这时间就长了所以最好是立马选择在星期二去见您的上司因为这样的话即使他随意把您打发了您至少还剩下个星期三可以再去碰碰运气所以第二周的星期二您回到张生的办公室噢简直太值得高兴了张生他正在办公室听见您敲门他抬起头来当然他拒绝接待

您但至少他叫您下午14点30再去若是运气够好不在封斋期那么午饭供应蛋或鱼的可能是相当小的但即便有蛋也未必就是坏蛋或者即使有鱼张生也未必就会被鱼刺卡住简而言之于您的运气毫无妨碍分针刚刚指到14点30您准时来到上司门前他没有任何正当理由不在办公室但事实却是如此您就在走道上等他由于他迟迟不至您便去看看李四小姐在不在她的办公室她不在所以您就到其整体组成了这家连支付您基本生存费用都斤斤计较的全面扩张的机构的全部或部分的各个科室去转上一圈第二天星期三您再度摸到您的上司那里简便起见因为不简总是不便否则我们最终会漫无头绪无所适从假设您的上司他在办公室您敲敲门他抬起头示意您进去假设他忘了请您落座但向您确认他的某一个或某两个或某三个女儿都没有患麻疹而第四个女儿连染上麻疹的可能都没有记住如果事实刚好相反您得根据情况的严重程度赶紧不赶慢地离开通知第一第二急诊处或同时通知两个急诊处并给您的上司备好磺胺和/或盘尼西林关他四十个工作日再把您自己也隔离起来但若是您的上司忘了请您落座的同时又确认家里一切安好那说明您再度拥有了一个小小的极微小的渺茫的微不足道的机会来达成您的愿望当然您可不敢毫无顾忌地去勉强一名上司告诉他我想多挣点钱那样也太笨了您得找个借口但不要把自己也绕进去了所以您试图向您的上司解释企业对您而言就像是第二个妈妈自然为它的组织平衡感到忧心忡忡但在担心的同时又为共同市场新近组构导致的竞争加剧所激励一个月后我们该怎么把扩张买进来这得靠别人为生产而工作其实就是为消费而生产反之亦然等等有了前车之鉴您已经想到您的上司将抱歉打断您一个T60问题对吧要么是一个T60

问题要么不是T60问题二者必居其一既然您不知道什么是T60问题随便怎么回答都可以但千万别回答说是因为这时您的上司会理直气壮地告诉您您的想法跟他可没什么关系这事儿得找AD4分部或者货运部门诉讼处食堂第一或第二急诊处对外关系分部李四小姐或法律顾问一切又得从头来过可别回答是求求您了别说是所以您回答说恰好相反这不是一个T60问题嗯哼嗯哼您的上司有些意外所以是另一项计划喽这时要么您撒谎说是要么厌倦了撒谎您说不是几乎强迫着您的上司先吐出加薪一词二者必居其一假设您希望行事尽可能委婉其实这正是您失策之处但我们暂且不论您会说是的是关于另一项计划那我洗耳恭听您的上司会这么说于是您也只有向您的上司阐述您的想法您的计划但首先这个想法得让您的上司感兴趣才是假设他不感兴趣这种可能性其实要大得多有谁见过一名上司对某个下属的提议产生兴趣的最好的情况也不过是他从中发现一项对自己有利的建议然后急匆匆地提交给他自己刚刚病愈的上司王生因为后者吃了他最小的女儿做的爱心煎蛋后染上了麻疹所以您的上司会假作认为您的建议极端无聊乏味而且完全无法实现最后他会以一种格外冷淡的声调叫您将这一切都记在一张小纸片上然后直接被扔进废纸篓所以您只好离开办公室别灰心说到底您赚的钱还不至于难以维持生计您就真的那么需要加薪么只需在不必要的开支暖气衣服交通上稍作节俭午饭一律在食堂用餐晚上吃点煮生菜您还是可以坚持到月底的况且众所周知煮生菜有助于拓展创造性思维几个月后您灵光一闪有了个不错的主意认为它能打动您的上司并可借以暗示他不妨给您涨涨工资所以您去见您的上司他不在办公室您就在走道上等他但由于他迟迟不至您

就去看看李四小姐在没在她是在办公室但却不怎么待见您所以您就到其整体组成了这家作为您唯一出路的企业的全部或部分的各个科室去转上一圈然后您再回头去见张生张生正在办公室听见您敲门他抬起头来但却示意他很忙不过肯定会在第二天14点30见您唉第二天是个星期四张生趁着女儿不上课的机会带她们去巴斯德研究院接种疫苗次日是星期五您连试都不用试况且您还被一根鱼刺哽个半死差点儿不能发声第二周星期二张生休年假这纯属巧合只能怪运气不好您也没办法等到张生回来您又染上了麻疹然后是轮到李四小姐去度假然后经济的不景气迫使您就职的机构大量裁员您却奇迹般地得以幸免这充分证明不应该总是陷于悲观之中不过这个时候提加薪的事显然不明智况且封斋期还没过呢然后是轮到您自己休假了您毫不意外地得知张生食用鱼渣饲养的母鸡生下的蛋时被一根鱼刺卡住了喉咙与您的想法刚好相反发生这一切对于您来说其实是件大好事因为八个半月后当您在食堂出口堵住张生时他一定会很高兴见到您并请您在当天14点30分到他的办公室去所以您如约前去他在那儿等您既然他请您落座您就坐下然后出于礼貌您对他的健康及其家人的健康表示关心张太太还好吧四个小家伙呢很不幸麻疹真不幸对不起我火上还热着奶呢我得告辞了四十一天后再去您上司的办公室别犹豫自然除非第四十一天是星期四星期五星期六星期天星期一节假日节假日的第二天封斋期内某一天或者封斋期前一天张生病愈后肯定会答应您的求见甚至有可能立即接待您至乎于请您落座放松深呼吸陈述您的问题不这不是一个T60问题不要犯低劣的错误承认这是一个T60问题哪怕真是如此也不行因为您的上司肯定会回答您这可跟他不沾边那

您就只能一个分部一个分部地瞎转寻找一个都不知是否存在的T60问题专家告诉张生这是另一个计划因为如果您一开口就是钞票要多多您的上司可能会觉得很可疑所以用上所有您还能激发出的如火热情向他阐述您的想法您的上司对您讲的内容要么感兴趣要么不感兴趣二者必居其一如果他不感兴趣我们不排除这种可能您就是在浪费时间但我们完全可以假设您的上司对您讲的东西颇感兴趣况且这也不是什么绝无可能的事至少理论上如此即使记忆所及迄今从未出现过这样的例子所以您的上司对您的想法颇感兴趣但显然要么他觉得您的想法积极有创造性值得考虑要么他觉得这是个愚蠢的主意二者必居其一若是后者他会言简意赅地让您明白您的推论实在蹩脚换句话说就像傻小子拉琴说明白点儿就是脑子里缺根弦近乎于早衰或是先天智障注意他是把您当成了蠢货痴呆笨蛋傻瓜二百五白痴弱智呆鸟傻帽缺心眼儿的家伙反正这没有任何区别即是说您的建议将被扔进垃圾篓而您则两手空空地返回自己的地方等待更好的时日自然吸取了经验教训的您要对最初的想法再作改进以求下次有机会向您的上司袒露心迹时他无法立刻把您当作傻蛋打发了所以留给您自己几个月的时间因为总是要排除一切偶然因素才能求得万全经过反复衡量您觉得自己的谋划已经完善了那么再回头去见张生设若他在办公室您既不需要在走道上等候也不需要去找李四小姐稍作交谈同样不需要到其整体组成了这家您最多只是其中一枚可怜的棋子的公司的全部或部分的各个科室去转悠简便起见因为不简总是不便我们更进一步假设您撞了大运张生不但回应您的敲门声而且邀您进入他的办公室甚至还请您落座并直截了当地告诉您他的四个女儿都很好她们已经成婚

十六个外孙女看起来暂时没有任何一个处于麻疹发疹前期您的上司甚至都不问问您关心的是否是一个T60问题他似乎对您的计划有着相当的兴趣甚至可以说他觉得您的意见卓有实效体现了实实在在的考证精神和令人震惊且极具建设性的批评意识简言之其中显露出非凡的才智不凑巧的是他没有时间答复您可别生气您得想想张生一定是忙得脚下生烟成天都在接待或者躲避接待他的二十四名同僚您的同事因为他们都跟您一样似乎脑子里没有任何别的想法只是一心乞求涨涨工资可就算涨了也不过是微不足道的一丁点想想经过长时间的努力他终于让下属失去了信心尽管只能维持几天而已然后还得急匆匆地赶去见自己的上司王生可结果却是和他的十二名同事一样不断遭到回绝而王生自己也并不能因此从被他纠缠不止的副副副经理助理那儿得到任何好处您终于有所领悟因为任何失败都包含着必须深思的经验教训前事不忘后事之师所以您悟到了坚持就会有回报的道理新一轮的事件都不足为道诸如不够新鲜的鸡蛋卡住喉咙的鱼刺袭击全家的麻疹之后您再次来到张生面前向他解释若是购买可分760周进行折旧并接受分月付款的电子自动粘胶那么占据您爱之甚于一切的企业的总预算千分之零点零三的办公室胶水的消耗可以降低百分之七十三点八七一看起来您的上司对这一切充满了浓厚的兴趣不坏啊真是不坏啊他微微一笑道而眼里却闪过一丝垂涎之色满头浓密的烫发在夏日黄昏那绛紫的丽彩下光泽闪亮表面上他不吝费时为您作答与您去年请见时相比这已是不得了的进步他同时还提议更仔细地研究您的问题并当着您的面再次进行让您得出上述结论的计算这可是您自己亲自计算出的结论经过漫长而艰深的计算要么您的上司

已经理解了您的建议的内涵与意义要么他什么都没弄懂二者必居其一假设他什么都没弄懂这确实有点让人泄气但并非真的很要紧让您的上司去找TV1您不知道什么是TV1您的上司也不知道而我也好不了多少就当是一个咨询处一堂晚课一处回收站吧简言之给您的上司留几个星期甚至是几个月的时间去消化千万不要急于求成论理该是张生主动知会您一声宣布他终于弄懂了一直在琢磨的内容但您心里很清楚他什么都不会做否则他就做不了您的上司所以过段时间后还得您自己去找他当然您得在走道上等他在李四小姐的办公室等他到其整体组成了这家给了您一切的企业的全部或部分的各个科室转一转您得等到第二天等到下星期二您得尝尝鸡蛋的味道再吐出来漱漱口您得参与宗教评议会以求封斋期的奉持遵循自愿原则而星期五也不必非吃鱼不可您得等待张生十六个外孙女中的老大病愈但别失去耐心因为极有可能在您进行第二次或第三次尝试时您的上司就明白了但不要以为接下来就是一帆风顺那么到底发生了什么呢概言之我们干脆把话说透吧您去见了张生张生在办公室您敲敲门他抬起头来示意您进去他请您落座您向他阐述了那个让他颇感兴趣的计划他对您提出的解决方案表示赞赏并花费时间深入研究了您的想法似乎也完全消化了其中的内容这一切都很好但直到此刻您还没有只字片语谈及您的薪资要求然而这却是个合理正当的要求迫不得已的话您可以微微露出个苦笑为难的嗯一声一边在椅子上不安地扭来扭去但如果您的上司张生没有对您的成绩明确表示祝贺您又如何能跟他提起您的问题呢然而您必须知道一点张生是一名上司而一名上司从不对某个下属的成绩表示祝贺所以张生从不对某个下属的成绩表示祝贺而您正是张

生的下属所以张生是绝不会对您的成绩表示祝贺的然而若是张生不对您表示祝贺您就没法跟他提加薪的事儿但显然他是不会先行提及此事的所有您只好回到自己的地方发誓再不会任人这样捉弄只不过这个誓发得稍迟了点您发誓下一次您再不会如此委婉行事只会立刻吐出加薪二字若不成功那算倒霉嗯这才是明智的决定所以您去见您的上司张生他不在办公室理由很正当因为他正在检查电子自动粘胶的运行情况您在走道上等他片刻但到这会儿他都没到因此您觉得不妨去感受一番李四小姐言谈的魅力唉李四小姐不在办公室理由很正当因为她正在旁观电子自动粘胶运行情况的检查所以您就到其整体组成了这家使用您的电子自动粘胶的庞大企业的全部或部分的各个科室去转上一圈居然一个大活人都碰不上原来几乎所有人这会儿都在观看电子自动粘胶机怎么运行或者说该怎么运行因为它运行不了所以您自己也去瞧瞧这台该死的机器是怎么回事儿您遇上您的上司他非但不祝贺您反而还训斥您您缓上几个星期等他的愤怒平息下来然后再回到您的领导的办公室门前他不在您就在走道上兜几步然后去看看李四小姐在没在她在办公室但似乎不怎么想跟您聊天因为她本人也有些恼心事是关于她和她的上司赵大先生的出于简便这个显而易见的目的因为不简总是不便后文中我们便称其为赵生所以您一脸忧郁地到其整体组成了这家您因身为其中一员而倍感自豪的机构的全部或部分的各个科室去转上一圈然后再回到张生的办公室他居然在那儿真是太让人惊讶了听见您敲门他抬起头来甚至带着迷人的微笑邀您进去请您落座听您吐露心声只是这事儿太过稀罕以至于您肯定有强烈的提防之心就如露茜·潘贝鲁特邀查理·布朗开橄榄球时对他所言

她要在这个查理·布朗的冲击达到最强时将球轻轻摘走令他重重摔倒而随之产生的羞辱更会让他摔得一次比一次痛但如果不相信领导那可什么事都做不成所以您略略勾出露出一个腼腆的微笑说服自己看起来是张生待您更为和善了您向他坦承这不是一个T60问题那肯定不太可能让他产生兴趣而且还会逼得您在外面久久地晃悠去寻找AD4分部当然也不是另一个问题至于这个问题他会不会感兴趣还在两可而即使他对此颇感兴趣但您提出的相应解决方案是卓有实效还是毫无价值也在他一念之间而即便他有研究的意愿即便他赞赏您所起的促进作用可他到底有没有时间去研究还是未知之数而即使他有时间对其付出关注即使他重视您的贡献即使他对您提出的问题颇感兴趣但他理解的深浅也还需斟酌就算他理解赞赏关注重视激奋他也完全可以只记录下您的建议却并不因此给予任何褒奖使您有机会提起对您而言唯一值得讨论的话题即实实在在地增加您的薪水所以您盯着他的眼睛直截了当地放胆明言要谈的就是关于钱的事儿啊哈啊哈您的上司打着哈哈所以您来见我就是为涨工资的事啰毫不迟疑地回答是首先是因为实情如此而且始终应该实话实说其次是因为如果您回答不是您的上司他就会理直气壮地责问您来他办公室干什么因为这个钟点您本该待在自己的办公室里为这家让您在上司不在办公室里而李四小姐又心情恶劣的情况下可带着怀旧的心情到组成了它的全部或部分的各个科室转悠的庞大企业的最高荣誉和最大利益而工作的这时您恐怕只能唯唯诺诺地退出来只有天知道您怎么才能找到机会重新跟您的上司在他的办公室里单独会谈首要条件是他在办公室还要保证他听见您敲门时会回应您并且同意立即接待您如果他召您下午来

见还不能有任何饮食事故对其良好意愿产生影响也不能有任何一个女儿或外孙女正处于麻疹发疹前期所以您最好跟他说实话向他陈情自十六岁零三个月以 5373 旧法郎 50 旧生丁[1]的月工资受雇为合格的信童助理后您一级一级地爬到了归于第 3 类第 11 级修正指数为 247[2]的技师助理的位置换句话说扣除社保金以及向主管机构缴纳的各项分摊金后的实际工资为 691 新法郎 00 新生丁[3]您的上司如果他够狡猾的话事实上他确实够狡猾否则他就不是上司了他会向您指出与最初受雇时相比您的工作量肯定没有增加到十倍而您挣的薪水却超过了十倍他不明白为什么您还要抱怨先生我提请加薪不是为了我自己您得这么说实在是我可怜的孩子我那四个小女儿刚刚染上了麻疹这最后一则消息可能无法成为满足您要求的有利论据尽管您的要求合理而正当总之下一次最好去掉这一条何况到下一次时由于服用了充斥法国药品市场且有您定时向其缴费的社保负责报销的盘尼西林和磺胺片您的四个小女儿和您自己肯定都已痊愈所以一从医务室出来您经过慎重考虑并对您自己的决定再三斟酌后就直奔张生而去简便起见因为不简总是不便假设一切顺利为免遗忘我再次提醒一下要顺利开展这一系列的行动需要归属于动物界植物界及矿物界的种种因素有机相宜却也因此极不可能地默契配合我们仅从其中列出因为我们真的想对我们的演示作最大限度的简化避免一些最终会令人觉得无益的推

---

[1] 旧法郎与（新）法郎比值为 100:1。
[2] 法国工资定级标准。
[3] 最初新法郎的称呼仅是为了区别于旧法郎，其实就是后来一直通行到欧元发行之前的法郎。

论使其变得繁琐累赘所以我们从其中列出李四小姐心情愉悦鸡蛋新鲜鱼刺没有卡住上司的喉咙没人感染麻疹这些条件一旦满足我们将更乐意假设您的上司会接待您而且原则上他也不觉得您向他提出的加薪要求违悖情理他自己不也成天磨着王生试图涨一涨工资吗不过众所周知就此类愿望的合理性对申请者作出考察前没有任何上司会同意加薪的要求甚至连貌似严肃地研究一番都不屑为之当然若是您有一个好主意让始终信任您的企业可以裁撤40%的员工同时还能同比增加利润这倒是有可能让您得偿所愿但我好像记得我们已经科学地证明了您不可能有什么主意因为或者您有些T60的想法却吸引不了任何人或者您自以为有些办法可您的上司要么全不在意要么虽然不是全不在意但却觉得您的办法奇蠢无比要么既非全不在意也不认为您的办法奇蠢无比但却没时间去关注要么既非全不在意也不认为您的办法奇蠢无比也有时间去关注但却完全不知所云要么既非全不在意也不认为您的办法奇蠢无比既有时间去关注也对它有完美的理解但其间却忘了您原本是来要求加薪的所以最好别拿缺乏想法的想法来献丑参与一项由您的企业出色实施的重要计划或可提供极大的助力使您改善薪资的愿望得到正视这个问题会坦率地向您提出来您得同样坦率地作出回答如果您最近参加过某项获得了成功的大型计划回答说是如果您最近没有参加某项获得了成功的大型计划回答说没有如果您最近参加过某项失败了的大型计划什么也别说如果您很久很久之前参加过一项虽不曾真的失败但却无法视作成功的微不足道的计划还是什么都别说很显然有可能您的公司在某些大型项目上取得了成功但却正好是您不曾参与的那些项目更糟糕的是但凡您或浅或深有所

接触的项目您的公司都莫名其妙地失败了别做任何仓促的结论此外简便起见因为不简总是不便我们对这些情况就不加考虑了但假若这毕竟是最接近现实的假设了假若您最近没有参加过某项获得了成功的大型计划其原因在于您的公司近四年来连一项大型计划都没有成功过不是它不想而是它在沙特尔建立船厂的计划在敦刻尔克和塔曼拉赛特之间建立铁路直通线的计划或是在巴黎地区建立一家综合医院的计划都已经表明了是无法实现的所以您回答说您最近没有参加过某项获得了成功的大型计划不必画蛇添足地补充说您已经尽了最大的努力您的上司很清楚甚至正因如此他才会尊重您再者别认为已经失去了所有的希望不还没有失去所有的希望如果您和您的工程师保持着良好的关系这可能会对您有所助益因此您的上司只是为了帮助您才会问您是否与您的工程师相处融洽尽量坦诚地回答这个问题如果您和您的工程师相处融洽回答是如果您和您的工程师相处不融洽回答唔假设您和您的工程师相处不融洽其实遇上这种情况也很正常您对他没有任何意见但他却让您感到恼火而且他成天指责您不是迟到就是不在办公室他总是问您去哪儿了如果说您经过深思熟虑鼓起满腔勇气去找张生提起加薪的事但他却从来不在办公室那可不是您的错自然您没有必要把对工程师的不满统统告诉张生因为纯粹出于职业方面的考虑张生有可能站在您的工程师一边毕竟纪律是企业主要的约束力量不论它是国企私企还是收归国有的企业所以唔一声作答便是了如果您想克制住啜泣那就叹口气吧拔掉几根头发拍打胸膛都行但千万别试图真的撒谎那起不了多大的作用因为不论如何张生都会去找这个工程师作了解的那样情况就会更加糟糕您得这样想您的工程师

可不是永生不死的他有可能经受不住高薪挖角的诱惑也可能被一根鱼刺哽死被一个烂鸡蛋毒死或者因晚期麻疹后遗症身亡以至于您都无需再助命运女神一臂之力否则就挑个无人的时候行动别留下痕迹精心编织一个有力的不在场证据所以简便起见因为不简总是不便我们假设要么命运女神特别垂青于您要么您没有被抓住马脚简而言之现在您有了个新的工程师与他融洽相处吧比如说假装工作又或者干脆就真的工作几周您会发现有时还是挺有意思的何况把每五分钟就去张生那晃一晃的习惯丢掉一段时间也不是坏事他对您的印象已经开始变坏了几个星期或者几个月之后气氛再次变得宁和您与新工程师相处得十分融洽法警已经结案张生被免予起诉公司则获得了一大笔政府补贴从而得以逃脱破产清算的命运于是您再次前去拜访张生他不在办公室那也不打紧您不妨在走道中遛遛弯儿等他似乎他有些耽搁还没回来您就去看看能否和李四小姐闲聊一会儿但李四小姐不在办公室看上去心情也不佳所以您到其整体组成了这家给了您一切的机构的全部或部分的各个科室去转上一圈如果遇见了您的工程师给他一个您最具魅力的微笑但别忘了下一次随身带上一份文件至于文件是什么并不重要目的只是要证明您出现在这么一个按理说跟您风马牛不相及其实跟您的工程师也毫不相干的部门是有正当理由的不过就算几天后能让他注意到这一点对您而言也没多大用处回头再去见张生他还是不在办公室您在走道上等他然后去找李四小姐可是李四小姐尽管看上去心情极好她人却不在办公室所以当您看见张生出现在走道尽头时您正准备到其整体组成了这家您每周在那儿枯守四十五小时的庞大机构的全部或部分的各个科室去转上一圈所以五分钟后您来

到他的办公室前但显然他连您的敲门声都不作回应您回到自己的地方虽是满腹心事却没有真的气馁因为就这点事儿还打不倒您第二天您就不去碰运气了因为那是个星期四否则张生一旦把您推到第三天就会遇上星期五说不定张生就被一根鱼刺扎到了或者因不再十分新鲜的鸡蛋发生食物中毒然而离退休还剩下两年零三个月这个时间您再去冒一些无谓的风险可是件危险的事所以您等到下星期二这是个黄道吉日因为您立马在办公室里找到了李四小姐她非常乐意和您闲聊一会儿不过您却没有等到张生出现交谈在三小时又一刻钟的时间里逐渐变得乏味李四小姐终于丧失了所有的好心情把您赶出门外请求您别再来烦她了次日是星期三您到其整体组成了这家您在那儿虚耗光阴的庞大机构的全部或部分的各个科室徒劳无益地转悠四十五次第二天星期四您避开与张生相见但您一心要做好万全的准备于是憋出一份厚厚的报告交给您的工程师而后者也屈尊纡贵表示谢意接下来是星期五您一不小心将托在快餐部餐盘上的东西一份贻贝拌生菜和一份挪威庵列打翻在您的上司张生刚刚洗过的西服上出于谨慎您又等了两个星期才再次尝试然后您去见张生但张生不在他的办公室所以您在走道上等他然后李四小姐似乎心情始终极为恶劣您就到其整体组成了作为全法最强企业之一的这家单位的全部或部分的各个科室去转上一圈然后您去见张生他在办公室里听见您敲门他抬起头来让您进去请您落座尽管他满脸都是小红疹但既然已经告诉过您除非您的上司不请您落座否则您别问他是否有某个女儿患了麻疹因此您略过他和他家人的健康状况您试着放松然后陈述您的问题我们来看看是不是一个T60问题您的上司询问不是你这样回答那就是另一个计划啰

不是您继续否认是加薪的问题吗正是您忙不迭地回答我们来看看啊您的上司接着问道您最近参与过某个获得了成功的大型计划吗您回答说没怎么去啊啊张生嗯了两声您和您的工程师处得还融洽么太融洽了您一脸得意之色那好张生说道我们可以为您做些什么呢您瞧一切都进行得很顺利您进行第二百五十五次尝试的过程里没有出现任何重大事件来搅局或许经过这么些年来对这唯一的计划锲而不舍地坚持您终于触到了终点虽然我个人是完全不相信的但这并不妨碍您对此抱以信心迷蒙着泪水微微一笑控制住揪心的激动情绪您用清楚明白地语声解释说您每月挣691法郎但您希望嗯挣嗯6910法郎可能多了点6190也不用讲了1960也别提了甚至都不说1690了但总得有嗯961或者900其实什么850哦800好吧就791什么也别说了这样吧呃700好了您的上司开口道但您可别太天真误以为您的上司会给您是或不是这样明确的答复不过有一点您可以确定您所期望的加薪是无法实现的我的意思是您不可能就这么简单地一下子当场立刻得偿加薪的夙愿不要指望从张生的办公室出来后就能每月多赚9法郎您得理解你所在的单位是全法最大的企业之一加薪这种事会遇上一些十分复杂的问题这不仅仅体现在财务方面还牵涉到该企业短期中期和长期的经济与社会政策何况张生显然也无权就这么简简单单地同意您的加薪要求最多他会向人事部经理提交一份赞同报告而后者咨询过有关机构后或会虑及第五计划中工薪阶层整体工资调整的规定在近期的一次董事会上提出您的名字总之张生虽没有立即满足您的要求但还是会让您领会到他对您的行动非但不感意外甚至都不明白为什么您耽搁了这么久才有所动作因为一直以来他都是抱支持态度

的就算眼下还无法提拔您可毕竟允许您对未来的晋升寄予期望要么与之相反他会以还算干脆的态度明确无误地告诉您他觉得您的要求站不住脚无耻下流小家子气他实在无法相信您这么一个被公认为楷模的雇员居然能做出这种卑鄙的事来简而言之要么他给你希望要么他不给您希望假设他不给您希望您有几个选择比如您可以顺应竞争潮流向另一家企业自荐但别忘了离退休只有十八个月的您未必能找到让人激奋的职位您也可以从事绑架勒索或者伪造财务账目的活动但别忘了这三项业务不仅需要一定的技巧而且受到当地司法机关的严厉谴责您也可以用企业小心翼翼地收藏在保险箱中的生产机密来换取最大销售额当然您得先了解这些机密才行您也可以去赌马可是您已经赌过了简而言之我认为最好还是等上六个月再回去见您的上司简便起见因为不简总是不便我们假设这次新的尝试不会比以前耗用更多的时间若是您吸取了经验教训懂得该如何做好万全的准备那甚至还有可能耗时更少不要总是为悲观情绪左右不要老是只盯着事情不好的一面张生不是个坏蛋雇用您的这家强大的公司也并非只想着害您您的工程师找不到任何理由不与您融洽相处没有刺的鱼也是有的蛋未必都是坏的只要检出及时麻疹不过是小病而已若说下一次当您坐在张生面前用您那因上了年纪而开始变得微微颤抖的声音不厌其详地一一讲述您生活中的种种困难时他不会带着感触至乎感动专心听您陈述不给您留下一丝加薪在即的希望我们无论如何都是不肯相信的如果接下来的日子里工资还是没涨您也别怨恨他因为我们已经给您解释过这是个复杂的问题等上六个月六个月后当您的种种希望尽成泡影

再回头去见张生如果他在办公室如果他在您敲门时抬起头如果他立马让您进去如果他请您落座如果他同意听您陈述那么尽您的努力再次说服他吧

加 薪

又即
如何撇开卫生心理气候经济以及其他条件的影响
营造最佳机会要求上司调薪

献给 马塞尔·库乌列
及 德蕾丝·康坦

剧中人物

1 建议

2 非此即彼

3 肯定假设

4 否定假设

5 选择

6 结论

麻疹

  1970年2月26日,《加薪》一剧于盖泰—蒙巴纳斯剧院首次上演,由马塞尔·库乌列(Marcel Cuvelier)担任导演,马塞尔·库乌列、奥利维埃·乐博、莫妮珂·圣泰、菲德丽珂·维尔当、伊午·裴诺、德蕾丝·康坦分别扮演建议、非此即彼、肯定假设、否定假设、选择与结论,丹妮尔·勒布蓝负责麻疹一角的台词。

1

经过深思熟虑,您下定了决心,去见您的上司要求加薪。

2

要么您的上司在他的办公室,要么您的上司不在他的办公室。

3

万一您的上司真的在办公室,不妨敲敲门等他的回应。

4

假若您的上司真的不在办公室,不妨去走道上守着他回来。

5

我们姑且假设您的上司不在办公室。

6

要是这样的话,您就在走道上守着他回来。

★

1

您守在走道上等着上司回来。

2

您的上司要么回来要么不回来。

3

如果您上司回来的话,您去敲敲他的办公室门,等候他的回应。

4

如果您上司不回来,您最佳的选择莫过于去隔壁办公室看望您的同事李四小姐。

5

我们姑且假设您的上司迟迟不归。

6

要是这样的话,您就去找李四小姐。

★

1

您去找李四小姐。

2

但李四小姐呢,要么在她的办公室,要么不在她的办公室。

3

万一李四小姐真的在办公室,等候上司的间隙不妨跟她聊上一会子,当然,前提是李四小姐的心情尚佳。

4

但若李四小姐不在办公室,除了去其整体组成了这家雇用您的机构的全部或部分的各个科室转悠一圈外您也别无他途,待寻个更妥帖的时间再去见您的上司。

5

且假设李四小姐不在她的办公室。

6

要是这样的话,您就去其整体组成了这家雇用您的机构的全部或部分的各个科室转上一圈,回头寻个更妥帖的时间再去见您的上司。

★

1
您再次去求见上司。
2
要么他在办公室,要么他不在办公室。
3
他真要是在办公室,您不妨敲敲门等他的回应。
5
但还是假设他不在办公室吧。
6
要是这样的话,您去走道上守着他回来。

★

1
您守在走道上等候上司回来。
2
要么他稍后即至,要么他迟迟不归。
3
万一他真赶着回来的话,您不妨去他的办公室敲敲门等他回应。

4

但他真要是迟迟不归的话，您最好还是去隔壁办公室找李四小姐这位同事吧。

5

假设——这事儿可不算稀罕——假设您的上司迟迟不归。

6

要是这样的话，您就去找李四小姐。

★

1

您去找李四小姐。

2

要么她在自己的办公室，要么她不在自己的办公室。

3

万一她真的在办公室，而且心情也不错，您还是可以和她聊上一会儿的。

4

倘若她真不在办公室的话，您也只有到其整体构成了这家雇用您的企业的全部或部分的各个科室去转一转了，不妨找个更有利的时机再去见您的上司。

5

简便起见——因为不简总是不便——我们假设李四小姐正好在办公室。

6

要是这样的话,您可以跟她闲话一会子……

3

那还得指望她有个好心情才行。

4

因为李四小姐要是心情不佳,她是不愿跟您聊天的,您只能去其整体组成了这家雇用您的企业的全部或部分的各个科室转悠转悠,找到更有利的时机后再去见您的上司。

5

假设李四小姐心情不畅——这事儿可不怎么稀罕。

6

要是这样的话,您去其整体组成了这家雇用您的企业的全部或部分的各个科室去转上一圈,待寻个更有利的时机再去见您的上司。

★

1

您又一次去见您的上司。

5

他不在办公室。

6

您去走道上候着他回来。

★

1
您候在走道上等上司回来。
5
他不像是要回来的样子。
6
那么您去找李四。

★

1
您去找李四。
2
要么她在要么她不在。
3
要是她在的话,您可以跟她唠上一阵子,当然,得要她有个不错的心情才行。
4
要是她不在的话,您只能去其整体组成了这家雇用您的公司的全部或部分的各个科室转悠转悠,挑个更合适的日子再去见您的上司。
5
简便起见——因为不简总是不便——假设李四小姐正好在她

的办公室。

2

要么她心情不错,要么她心绪不佳。

5

简便起见——因为不简总是不便——假设李四心情不错。

6

既然如此,您就跟李四唠一唠。

★

1

您和李四唠上一小会儿。

2

要么透过李四小姐办公室的玻璃门您发现上司正返回他的办公室要么透过李四小姐办公室的玻璃门您什么也没见着至少是没看见您的上司返回办公室。

3

若上司他返回自己办公室的时候真要是给您透过李四小姐办公室的玻璃门发现了,只需找个借口离开便是,随后去上司的办公室敲敲门好了。

4

相反,如果您什么都没看见,您还得继续和李四小姐瞎聊。

5

且假设您没发现上司从李四办公室的玻璃门外经过——这事

儿可不稀罕。

6

那就缠着李四继续海阔天空地瞎侃。

★

1

您继续和李四谈天。

3

如果看见上司,您找个借口离开去他的办公室敲敲门。

4

否则,您与李四小姐的闲谈永远没个结束的时候。

3

如果您的话题既不丰富也不新鲜,我们李四的好心情就会像阳光下的积雪一样消融,那您只能去其整体组成了这家雇用您的集团的全部或部分的各个科室转上一圈,等更恰当的时候再去找您的上司。

5

因此,简便起见,因为不简总是不便,我们假设您在滔滔不绝地跟李四瞎聊的时候,您透过玻璃门发现上司正返回他的办公室。

3

喔呼!

6

于是您迅如闪电,火速找个借口离开,然后去敲敲上司的办公室门。

★

1

您敲敲上司的办公室门。

2

要么他叫您进去,要么他不叫您进去。

3

如果他叫您进去,您便进去。

4

如果他一声不响,那您再敲敲门。

5

假设,这事儿可不怎么稀罕……

6

您就再敲敲门。

★

1

您再敲敲上司的办公室门。

2

要么他回答说"进来",要么他不加理会。

3

如果他回答说"进来"您便进去,除非您纯粹是个白痴,又或者过早地患了耳聋的毛病。

4

如果他不加理会,您调个头回自己的办公室,虽然抑郁失落,却未必灰心沮丧,寻个更好的机会再去找您的上司。

5

假设,这事儿还真不稀罕……

6

您打个转回自己的办公室,虽然寥落迷茫,却未曾真个失望,单等有了更好的机会就去找您的上司。

★

1

经过深思熟虑,您下定了决心,去见您的上司要求加薪。

2

要么他在要么他不在。

3

如果他在的话……

4

五赔一赌他不在!

5

赌赢了!

6

您去走道上等着他回来。

★

1

您候在走道上等上司回来。

2

回来还是不回来?

3

回来!

4

不回来!

3

当然是回来!

4

自然是不回来!

5

不回来。

6

找李四去吧!

★

1

您去找李四小姐。

5

李四她不在。

6

没什么要紧的,您去其整体构成了这家使唤您的企业的全部或部分的各个科室去转上一圈,等形势变得不那么难以捉摸时再去找您的上司谈谈。

★

1
您回去见您的上司。

2
要么他在要么他不在。

3
他真要在的话,您不妨敲敲门等他的回应。

5
他当然不在。

6
您就去走道上等他。

★

1
您候在走道上等上司回来。

2
该死的!他到底回不回来?

6

您找李四去吧!

★

1

李四小姐。

2

要么她猫在办公室。

3

那您可以跟她谈谈天,如果她有这番心情的话。

4

要么她没猫在办公室。

于是满腹牢骚的您再次去其整体组成了这家斤斤计较于发给您微薄薪水的机构的全部或部分的各个科室转上一圈。

5

简言之——不简总是不便——我们干脆说得明白点儿:李四小姐正猫在办公室呢。

2

我们对此并无疑问,可是她的心情怎么样?

4

如果李四小姐她没心思跟您谈天,您也只能再次闷着一肚子牢骚,到其整体组成了这家给您点儿微薄薪水都斤斤计较的机构的全部或部分的各个科室去转悠一圈。

5

只不过,李四小姐心情却是不妙,那简直是一点儿也不妙。

6

于是您嘟嘟囔囔地去其整体组成了这家跟您斤斤计较一点儿微薄薪水的大型机构的全部或部分的各个科室转悠一圈。

1

等情况变得不那么反复无常时再去寻您的上司说话。

★

1

上司先生?

2

我不知道他在没在办公室。

3

您不妨去敲他的门试试。

4

他马上就来,通常他都是这个点儿到的。

5

虽然他还没到,但肯定不会耽搁太久。

6

所以先在过道上坐着等会儿吧,他肯定不会耽搁太久,平时他都是这个点儿到的。

★

1
您在走道上等他。

5
却没有等到他回来。

6
那您就去找李四太太。

★

3
如果李四太太在的话,您可以跟她聊上一阵子,一边等着上司回来。

4
否则您就到其整体构成了这家作为您唯一出路的企业的全部或部分的各个科室去转上一圈,等着再去找您的上司时命运变得不那么残酷!

5
简便起见,因为不简总是不便,假设李四太太不但人在办公室,而且心情还不错。

6
那您就跟李四太太闲聊上一会儿。

★

1

李四太太对您感到厌烦了。

6

于是您到其整体组成了可说是付薪让您到其整体完整或部分地将它组建的各个科室转悠的这家公司的全部或部分的各个科室去转上一圈。

1

然后您再回去见您的上司。

5

简便起见,因为不简总是不便,这一次就权当您的上司在他的办公室吧。

3

居然有这种运气!

6

您自然是去敲门了。

2

要么他叫您进去。

3

您便进去。

2

要么他不加理会。

1

您便候上片刻再敲敲门。

5

经验证明,对一名前来哭求加薪的下属用曲起的中指敲出的第一次笃笃门声,一位上司有 74.6% 的几率将不予理会。

6

那您就再敲敲门。

★

1

您再次敲门。

2

要么他回答说"进来"。

3

您便进去。

2

要么他不予理会。

4

由于您不敢勉强,只得原路折回,等到运气背得没这么厉害时再去跟上司试试斗智斗力。

5

简便起见

众人齐声道

因为不简总是不便

5

假设您的上司,总算有一次不依常情,叫您进去。

2

要么您纯粹是个白痴,要么您不是个纯粹的白痴。

3

只有纯粹的白痴才会不进去。

1

如果您不纯粹是白痴,那便进去。

5

简便起见

众人齐声道

因为不简总是不便

5

假设您不是个纯粹的白痴。

6

那您便进去。

★

1

现在,您进了上司的办公室。

2

要么您的上司同意立刻、马上接待您,要么您的上司示意您晚点儿再来。

5

假设您的上司已经决定把上午的时间用来处理一项他酝酿了很久的个人事务，那就是去见他自己的上司请求加薪，这事儿可没什么稀罕的。

1

这绝对是他的正当权利。

5

所以他会让您晚点儿再来。

6

要是这样的话，您便顺从地倒着身子退出办公室，临行还不忘了向您的上司表示感谢，并顺手把门带上。

★

1

您再次回去求见上司。

2

要么他在要么他不在。

4

他要真的不在您不妨在走道上等他，他真要是迟迟不归您不妨去找李四太太，真要碰上李四太太也不在又或者李四太太心情不佳您不妨去其整体组建了这家仅用一点儿可怜的薪水就让您奉献出生命中最美好年华的托拉斯的全部或部分的各个科室转上一圈一边等着天降好运让您有机会截住上司。

5

但简便起见

众人齐声道

因为不简总是不便

5

我们暂且假设您的上司正好在办公室。

6

您敲敲他的门等他的回应。

★

1

您敲敲门。

2

如果他对您说"进来"

3

您便进去。

2

如果他一声不响

4

您就别进去。

6

不过您再敲敲门因为有些时候他可能是没听见。

★

1

您再敲敲门。

5

进来!

6

您便进去。

★

1

现在,您进了上司的办公室。

2

要么他立刻接待您要么他让您晚点再来。

3

这是明摆着的事儿。

5

假设

4

简便起见

众人齐声道

因为不简总是不便

5

假设您的上司他格外开恩，同意当即、马上接待您。

6

您这运气简直是没说的！

★

1

您进了上司的办公室而您的上司也愿意听您陈述。

2

不过呢，要么他招呼您坐下要么他不招呼您坐下。

3

如果他招呼您坐下那说明他客气有礼貌。

4

如果他不招呼您坐下，那表示他心里惦着别的事儿。

5

假设您的上司不招呼您落座。

3

那是不是说明他没礼貌不客气呢？

6

未必：因为那说明有别的事儿让他操心。

众人齐声道

是什么事儿让您的上司感到挂虑呢？

★

2

大概是他无数次尝试进入上司办公室以便向他要求加薪却始终不得其门而入?

4

恐怕是他和李四太太有些不痛快?

6

可能是严厉得异乎寻常的汇兑管制让他感到激动?

5

也许是他的新车在保险过期的那天因为缺少润滑油而磨坏了连杆?

3

或许是因为他当天早晨排了五个小时的队却没能拿到赫伯特·范·迪斯考下场音乐会的门票?

1

莫非是他的身体出了点儿毛病?

★

1

您向上司打探他是否有某个女儿患了麻疹。

2

他回答说是或者不是。

5

假设他回答说是。

6

观察一下他脸上有没有红痘子。

3

如果他脸上有红痘子,赶紧出去。向急诊室告警,把您的上司在办公室里关上四十天。

1

如果他脸上没有红痘子,那就放松心情,陈述您的问题。

5

我们假设您的上司脸上是有红痘子。

6

赶紧出去!

1

向急诊室告警!

6

把您的上司在办公室里关上四十天!

麻疹

1969 年爆发的 19432 例麻疹中有 111 例被证实是致命的,可见您的上司大约还是有 99.5% 的机会可以逃过一劫的。麻疹是一种传染性和流行性发疹高热,其特征是出现轻度皮肤毛细血管炎,如果您非要说是由皮肤上略微凸起的细小红斑形成的出疹,那也没错。病前及病中均伴有发热、鼻炎、咽峡炎、流泪与咳嗽的症状。其主要并发症为支气管肺炎、喉炎和脑炎。利用磺胺和盘尼西林可对之进行有效治疗。

★

1
四十天之后。
2
要么您的上司死了要么您的上司没死。
5
假设您的上司已经死了。
6
您便去见您的新上司。
5
假设他不在办公室。
6
您去走道上等着。
5
假设他迟迟不归。
6
那您去找李四太太。
5
假设李四太太陪丈夫和两个孩子到突尼斯度假去了。

6

那您就到其整体组成了这家您不过是其中一枚不起眼的小棋子的大型机构的全部或部分的各个科室去转上一转。

★

1
您去求见上司。
2
他在不在?
5
在
6
您敲敲门。
2
他回不回答?
5
回答
2
他回答说什么?
5
说他正忙着接另一条线,让您到了下午或者第二天再去。
6
感叹着世事无常,您返回自己的办公室。

★

1

您去求见上司。

2

要么他在办公室要么他不在办公室。

要么李四太太在办公室要么李四太太不在办公室。

要么李四太太心情不错要么李四太太心情不佳。

要么您跟李四太太聊聊天要么您去其整体组成了这家迫着您在感恩戴德的心思里纠结不已的集团的全部或部分的各个科室转一转。

要么您透过李四太太办公室的玻璃门发现您的上司要么您继续跟李四太太闲聊。

要么您的上司叫您进去要么您的上司不叫您进去。

要么您的上司招呼您坐下要么您的上司不招呼您落座。

3

如果他招呼您坐下那说明他愿意听您陈述。

如果他不招呼您坐下那表示他的心思在别处。

5

假设您的上司不招呼您落座，这种事儿可不算稀罕。

6

那表明您的上司把心思放在了别处。

众人齐声道

您的上司他把心思用在了什么地方呢?

5

也许是他的某个女儿患了麻疹?

6

或者是出了水痘?

1

或者是百日咳?

2

或者是腮腺炎?

6

或者是多发性硬化?

4

或者生了脓疱疮?

2

或者发了猩红热?

1

您跟上司打探他是否有某个女儿发了猩红热?

2

他回答说是或者不是。

3

如果他回答说是,观察一下他脸上长没长红痘子。

4

如果他回答说不是,那也不代表他所有的女儿都没发猩红热,实际上

5

姑且假设他回答说不是。

6

问问他是否有某两个女儿发猩红热?

2

他回答说是或者不是。

3

如果他回答说是,注意一下他脸上有没有长红痘子。

4

如果他回答说不是,也别忙着推断他没有任何女儿发猩红热,确实。

5

且假设他回答说不是。

6

问问他是否有某三个女儿发猩红热。

5

假设他回答说他只有两个女儿。

6

也别仓促下结论。可能生病的是他几个儿子。

1

不过再问下去就未免有些龌龊了。虽说您的上司甚至不曾请您坐下,这样说话实在别扭,但权且把身心放松,别再东挠一下西抓一把,深吸一口气,然后陈述您的问题。

★

6

您向上司面陈您的问题。

2

要么他半途打断您要么他不打断您。

3

如果他不打断您,那么继续陈述,尽量表现得让人信服。

4

如果他半途打断您,那是他有要紧的事情得告诉您。

5

假设他打断您的话头,问您为什么在身上挠个不停而您满脸的红痘又是些什么。

1

立刻离开办公室!回家卧床休息!请大夫上门诊治,把您的几个孩子送到乡下奶奶家去!

麻疹

1969年爆发的19433例麻疹中有112例被证实是致命的,可见您大约还是有99.5%的机会可以逃过一劫的。麻疹是一种传染性和流行性发疹高热,其特征是出现轻度皮肤毛细血管炎,如果您非要说是由皮肤上略微凸起的细小红斑形成的出疹,那也没错。病前及病中均伴有发热、鼻炎、咽峡炎、流泪与咳嗽的症状。其主要并发症为支气管肺炎、喉炎和脑炎。利用磺胺或盘尼西林可对之进行有效治疗。

★

1
四十天以后。
2
要么您死了要么您没死。
6
您去求见上司。
5
假设他不在办公室。
6
您去走道上等着。
5
假设他不回来。
6
您去找李四太太。
5
假设李四太太陪丈夫和三个孩子到突尼斯度假去了。
6
您去其整体构成了这家剥削您的企业的全部或部分的各个科室转悠一圈。

★

1

您去求见上司。

2

他在办公室吗?

5

当然在啰!

6

您敲敲门。

2

他有没有回答?

5

这个……没有。

6

您再敲敲门。

2

他有没有回答?

众人窃窃低语

有……有的。

5

这个……有的。

众人窃窃低语

吁……

6

您进入办公室。

2

他同意马上接待您吗?

5

姑且假设是吧,但这可是看在您的份上。

2

他招呼您坐下吗?

5

经过艰苦卓绝的简化努力

众人齐声道

不简总是不便。

5

我们甚至于大胆假设您的上司这一次的的确确是请您坐下了。

6

于是您便坐下来。

★

1

您见上司去了,您的上司恰好在办公室。

您敲了敲门,有人回应。

您进了办公室,被问及有何贵干,给招呼着坐下。

现在您就坐在上司对面。

6

放松、深呼吸,擦擦额上泉涌的汗滴,控制住紧张得让膝盖打架的神经质颤抖,提醒自己未必有了希望才奋斗也未必注定成功才坚持,用清晰的声音尽可能简明扼要地陈述您的情况;善加挑选恰当的言辞增强说服力,尽一切努力感化上司的铁石心肠,但自始至终保留一丝尊严和骄傲,一丝把您塑造为一个自觉了义务和权利的公民的尊严和骄傲。不要匍倒在您的上司脚下;别去舔您上司的靴子。

1

告诉他您愁绪万千忧思重重,手头拮据月末难过,告诉他您来这儿哀哀切切为的可不是自己,而是您那被家务折磨得精力衰竭的妻子以及五个遭病魔窥视的孩子。

6

麻疹。

1

猩红热。

6

腮腺炎。

1

黄疸病。

6

小儿麻痹症。

1

黏液瘤病。

6

口疮。

1

体虚气弱。

6

肥胖贫血。

1

第三心室肿瘤。

6

感染性心内膜炎。

1

扁平足。

6

向他解释，您十四岁受雇成为没取得职称资格的助理信童，月薪11872小法郎①，可经过三十七年尽职尽责的工作，您才提拔到高级办事员副手的位置，充任被委派协助以建设、统计与前景规划为职能的核心部门副经理工作的调研主任的随员，享受第三类别、第八级、第二型、C阶、修正指数315的待遇，即扣除相关的社保分摊金以及第五个经济社会发展计划②规定的各项应纳税额之后，实际领取工资772大法郎00新生丁。

---

① 60年代的新旧法郎比例为1:100，故此旧法郎又被称为小法郎（法语原文"轻法郎"），新法郎又被称为大法郎（法语原文"重法郎"）；意指大（重）法郎比小（轻）法郎价值要高（重）得多（100倍）。

② 1965年立法通过。

2

要么您的陈词会说服您的上司,要么您的陈词说服不了您的上司。

3

如果您的陈词能说服您的上司,那倒是个好兆头。

4

如果您的陈词说服不了您的上司,那肯定无助于解决您的问题。

5

然而,您显然是无法就这么轻易地一举说服您的上司。您不过是这家大型机构中一枚不起眼的小零件,如果每个小零件都能在第一次要求加薪时如愿以偿,机构的前途岂不令人担忧?您的上司很清楚这一点,甚至正因如此他才成了上司。什么!他会这样向您咆哮,您这么一个向来被称为楷模的员工,竟然为区区几分钱来乞求哀告,难道您不知道比拉夫人为了一粒米彼此都恨不得掐死对方,不知道一些刚过四十的干部正处在发展的黄金阶段却不得不落入失业的惨境!您都有了轿车、冰箱、电熨斗,还敢在这里抱怨!您简直是单位的耻辱!每晚在咖啡吧都能见到您!酗酒成性!无所事事!唯利是图!您钻社保的空子!甚至连赌马都想作弊!下流胚!法国人的败类!我没一脚把您踹出门去,没把您交给纪律监察会,都算您走运了!出去,别让我再揪住您!

6

别做任何可能会让您感到后悔的动作。保持住尊严起身离开。

★

1
您见上司去了,他刚好在办公室。他叫您进去。他甚至还招呼您坐下。您向他解释了您的问题,但他觉得您加薪的要求可耻、无理、厚颜、粗鄙,透着斤斤计较的味道。出来的时候您有些沮丧。不过您有颗不屈不挠的心。您等上几个星期再回去求见您的上司。

2
要么……要么。

5
不。

6
您……

5
不。

6
去吧。

5
不在。

6
到其整体构成了这家您在那儿虚耗了快四十年光阴的集团的全部或部分的各个科室去转一转。

3
一边感叹世事无常。

★

1

您去求见上司。

2

要么他在自己的办公室要么他不在自己的办公室。

5

假设他在办公室。

6

不需在走道上等他回来;不必去找李四太太,何况她也不在自己的办公室,尽管她的心情确实不错,也不用去其整体构成了这家您已经不再对其抱有多大指望的巨型托拉斯的全部或部分的各个科室转悠;相反,您敲敲门,等他回答。

5

假设他让您进去。

6

不必再敲门;不用满腹心事、怒气冲冲地返回自己的办公室,还一边感叹狗屎般的人生变化无常,也无需思考什么时候才能凑巧碰上一个有利时机再次和上司面谈;相反,您按下上司办公室的门把手,推门进去。

3

请别忘了顺手把门带上,不然是有穿堂风的,谢谢。

5

假设您的上司朝您露出他最亲切的微笑并招呼您坐下。

6

不去问他是否有某个女儿患了麻疹，不用探究他脸上有没有红痘，不必急匆匆地离开办公室，也不需向任何急诊室告警；相反，您坐下来，陈述您的问题。

1

现在您就坐在上司对面。放松、深呼吸，别老是一个谢字结巴半天，擦擦您的眼镜，提醒自己勇敢者事竟成，告诉自己耐心和时光比力量与怒火更管用，注意吐字清晰，要言之凿凿，语义明白，如果有才华彰显自然更好。跟您的上司交谈时，不妨把他看成是神父、是教士；让自己相信他只想为您好，是您的朋友，能够理解您；向他倾吐心声，但避免流露无益的亲近或同情。带着十分的腼腆把握必要的分寸，给他描述您每天卑微却诚实、简朴却端庄的生活。他固然是您的上司，一科之长，可他同时也是一家之主，所以他会理解您的。

6

跟他讲述您作为丈夫的痛苦，作为父亲的担忧；孩子们一天天在长大；鞋子得买新的；开学要添课本作业本；夏令营的费用还是不低的；初领圣体时的臂章也需考虑；药品、玩具、电影票都是花销。

3

诸如此类都是很艰辛的事儿，没念过书还真理解不了。

2

要么您的陈词会深深打动您的上司，要么不疼不痒毫无作用。

3

如果您的上司很感动，这可能是好兆头。

4

如果他始终如冰山一般冷漠,或者,更糟糕的是,在您用最深沉的情感向他讲述您贫苦生活那千年不变的灰暗时,明显流露出不耐,那肯定无助于解决您的问题。

5

我们假设,这可不是为简便起见

众人齐声道

然而不简总是不便的

5

而是为了证明我们心中充满深沉的人文情怀,他人的不幸同样会触动我们。

4

触及我们

3

打动我们

2

震撼我们

1

令我们难以承受。

5

所以我们假设您的陈情使上司深为震动。

6

他是如此的理解您!他是这般的同情您!是啊,生活哪里能时时如意呢?各人有各人的烦恼,各人有各人的苦处;就说他本人吧，被票据问题压得都快喘不过气来；孑然一身的李四太太呢，也得供养几个孩子以及孩子们的孩子；难道她就没有努力工作？可怜价的！莫非到头来她就不应该享受乡下宁静的生活？

1

您的上司他是多么希望能帮到您啊！他是多么希望能满足您提出的正当要求啊可是

2

就事论事

3

您的考评

4

您的同事以及您的直接上司对您的评价

5

只能证明，无论大家对您抱有多深的好感

4

尊敬

3

友谊

2

甚或是眷顾

5

以您在工作中的表现，还不足以使这样的请求得到重视。

6

要坚强。握握上司递过来的手掌。偷偷擦一把眼睛。尽力保持着尊严离开。

3

请别忘了顺手把门带上,否则是有穿堂风的,谢谢。

★

1

您求见上司去了。他正好在办公室。他让您进去。他招呼您坐下。您向他讲起了自己遇到的困难。他完全理解,不过说实话,有鉴于您的工作实在有太多的地方亟待加强,您提出的加薪要求甚至不在考虑之列。出来的时候您有点儿气馁。但这还不足以让您灰心绝望。您再待上几个月,期间您全力以赴,一边争取直接上司的优秀考绩一边力求改善在同事们眼中的形象。然后您再回去求见您的上司。

2

要么他在要么他不在,这简直是明摆着的事。

5

他不在。

6

您在走道上等他?

1

还不如去找李四太太。

5

李四太太不在,再说她的心情也不好。

6

那么您就去其整体构成了这家没有它就没有您的庞大机构的全部或部分的各个科室转一转,等命运女神的纤指抚过您荒芜的天顶时再尝试去寻您的上司说话。

★

1

您去求见上司。

5

假设他在自己的办公室。

6

您敲敲门等他的回应。

2

他要么回应要么不回应。

5

假设他回应吧。

2

要么他说行要么他说不行。

5

假设他说行吧。

6

您推开门,走进办公室,再把门带上,在离上司几步远的地方停步等候。

2

要么他招呼您落座，要么他不招呼您落座。

5

姑且假设他招呼您坐下。

6

您拖开上司指给您的座位，坐下等候。

2

要么上司问您有什么需要帮忙的要么上司不问您有什么需要帮忙的。

4

姑且假设您的上司不问您有什么需要帮忙的。

6

没关系：您清清嗓子，然后陈述您的问题。

★

1

您清清嗓子，但别耽搁太久，然后向上司陈述您的问题。

6

作为这家您身为其中一员而倍感自豪并为之付出了一切的大型企业的老职员，您把毕生精力都献给了工作，职业生涯临近终点时，您还是盼望着自己的牺牲和忠诚、自己的勤恳和严谨以及自己守尊卑、尽责任、识进退的态度得到奖赏。您砸锅卖铁图的什么？不就是给子女们一个更美好的未来么，您甚至督促他们获得了小学和初中毕业文凭；用不了多久他们就能自力更生，但眼下他们还无法赚钱补贴家用。而您和您的太太呢，你们想请人建一座用绿色外板护窗的小房子以度晚年，您在这家大型企业一直干到了迟暮之年，毕生的精力都献给了工作，虽然身为其中一员您倍感骄傲，但也期待它对您的奉献做出奖赏，毕竟您为了子女们有个更灿烂的未来不惜砸锅卖铁，只不过他们暂时还赚不了钱交给您支持家园建设，毕竟您和您的太太，你们还是想请人建一座房子的，这样，一生心血都倾注于工作的职业生涯画上句号后，也能有个地儿种种鲜果养养花草好安享宁静的乡间退休生活。

2

要么您的上司理解您要么您的上司不理解您。

5

我们将做如下假设以体现我们所秉持的深刻人文情怀。

众人齐声道

因为我们秉持着深刻的人文情怀。

3

我们善于理解员工们的美妙憧憬。

4

作为上司主管，倾听他们的问题、他们的愿望是我们应尽的职责，我们尽全力帮助他们。

3

去年工会不是还组织过一次去巴登—巴登的旅游么？

4

上一次圣诞节给老头老太的礼包中难道没放鸭肝酱么？

3
还有让孩子们免费观看的电影呢?

4
别忘了那座人事主管发给车间滚球联赛冠军的精美奖杯!

5
总之,您的上司是理解您的,这一点毋庸置疑。

6
是的,遍观这家大型企业,这个万众一心的大家庭,您绝对是最值得赞赏的员工之一。对自己最疼爱的孩子,况且是一个曾经事事作表率的孩子,上司们又怎会刻薄寡恩呢?明天一早他就会向董事会反映您的情况,您放心,下次颁发劳动奖章时肯定有您的份儿!

1
您握握上司递过来的双手,控制住激动的情绪离开办公室,临行还不忘了顺手把门带上,否则穿堂风可是会让您衷心爱戴的上司着凉的。

3
谢谢。

★

1
您去见了上司。他正好在。叫您进去,招呼您坐。您谈起了自己的功劳。他表示理解,说您会得劳动奖章的。

6

的确，几个月后的某一天，全体职员在大操场立正会集，那是九月里一个阳光明媚的早晨，出席者有省长和省议员、市长和市议会、部队首长和仪仗队、大主教和唱诗班，当然还有董事会成员，为首的董事长兼总裁正是这家大型机构的创立者和大股东，而这一天，您就是它树立的朴实模范与鲜活榜样，工商部长在发展规划事务国务副秘书与社会事务部内阁组长的陪同下授予您劳动奖章，

3

红白蓝三色吊带

4

圆形的奖章正面刻着"自由、平等、博爱"的铭文，拱绕着法兰西共和国的象征玛丽安饰以花冠的头像。

3

奖章背面，太阳为播种机抹上光轮，下面撰写着"祖国向兢兢业业的劳动者致敬。"

6

而家庭补助管理大区分局局长则交给您三本法国储蓄银行的存折，那是给您三个小家伙的，每本存折上都有50新法郎的首笔存款，随着时间流逝，每年将带来2.25%的回报。

1

为了回馈这份恩情，您在受奖当日大摆宴席，遍邀亲朋好友和同事邻居，您的上司很是乐意地接过了主持宴会的重任。

6

欢庆结束，最直接的后果便是您的预算雪上加霜，欠下各个

供应商和饭店酒馆的老板一笔债务。

1

为新债务所迫,您最后还是决定回去求见上司。

2

要么他在自己的办公室要么他不在自己的办公室。

5

他不在办公室。

6

您在走道上守着他回来。

5

他不像有回来的样子。

6

您去找艾美琳小姐。

4

什么!可是……李四太太呢?

6

您应该很清楚啊,李四太太已经退休了。

3

真是可怜!听说她的状况不是太好。

2

她的孩子打算送她去养老院。

6

养老院!您是说精神病院吧,她完全疯了,真是造孽啊。

3

其实我们又算得了什么呢。

2

最可怜的还是那些没走的人啊。

3

您跟谁说呢!

1

啊,好的:艾美琳小姐?

2

要么她在要么她不在。

5

她不在。

1

艾美琳小姐既不像李四太太那么勤勉,也没有李四太太那样的心情。

3

时过境迁啊。

4

好景不再,还是算了吧。

6

简而言之,您去其整体构成了这家因迅速进驻我们国民经济关键领域而备受专家推崇的全面扩张中的集团的全部或部分的各个科室转一转,耐心期盼幸运垂临带给您新的希望,可以和上司进行富有成果的会谈。

★

1

您去求见上司。

2

他真要是在办公室的话,您不妨敲敲门等他回答。

5

没想到他刚好在办公室。

6

所以您敲敲门。

4

他真要是不出声,您不妨再敲敲门。

5

不想他偏偏给您回应。

6

所以您进入办公室。

3

他真要是招呼您落座,您不妨坐下。

5

可他的的确确是在招呼您坐下。

6

所以您坐下。

3

他若真要问是什么风把您吹来的,他可以帮得上什么忙,您不妨直言相告。

5

但事情就这么巧,他恰恰问起您有什么忙他可以帮得上。

6

所以您据实以告。

★

1

您向上司细数自己遇上的信用问题、财务问题、预算问题、经济问题,——交代它们的来龙去脉。

6

起因是为了深刻纪念让整个企业都因您受奖而倍感光彩的那个神圣日子。

3

那一天是本月八号

6

于是您大宴宾朋,结果却掏空了自己的口袋。

1

身为单位中的一员

6

您既感幸福又觉骄傲。

1

既然它上上下下都对您充满敬意

6

您何不将这份尊敬

1

化作实实在在的东西

6

所以请求允许您提出要求批准加薪的申请。

2

要么您的上司那个您要么您的上司不那个您。

3

若是前者您倒是可以报几分希望。

4

若是后者那么事情肯定会更加棘手。

5

简便起见，不妨假设

众人齐声道

因为我们怀有深沉的人文情怀

5

不妨假设您的上司那个您。

6

他愿意为您竭尽全力您的上司他只在乎您。

4

哎，可叹、可惜。

3

现实是如此的无奈

2

竞争带来的威胁

1

关税下调

2

共同市场条约生效

5

肯尼迪回合条款签订

6

以及英镑

4

马克

3

法郎

2

美元

1

和黄金行情走势

4

引发的不妙局势

3

投资计划同意对市场营销

2

以及促销活动

1

做出的倾斜

6

劳动力的问题,汇市的浮动,原料的供应,产品的包装,应用研究和基础研究,技术专利的购买,必须掌握的科技,社保金的缴纳,对基本人权的尊重,生活成本,市场问题,通胀风险,货币贬值,强加于公司的苛刻出口条件,诸如并购、收购、兼并、收归国有等始终挥之不去的阴影,客源的不稳定,社会矛盾,政策的随意性,一言以蔽之,市场前景不明。

1

鉴于上述种种,无论您的要求多么合情合理,短期内,恐怕是无法考虑工薪阶层加薪要求的,哪怕是再小的涨幅都不行,当然了,您得相信您的上司他完全是站在您这一边的。

6

只不过时机不对而已。实在是太不凑巧。但尽管放宽心,情况一旦好转,我们自然会奖励您的优异表现。

1

您谢过上司,与他殷勤握手道别,脸上挂着微笑,心中充满自豪,因为您所属的就是这么一家在面临困局需要咬牙挺住的关头不惜强制下属员工作出必要牺牲的公司。

6

临行时不忘顺手把门带上,否则可恶的穿堂风可是会让您的上司感染肺炎的。

3

代他感谢。

★

1

尽管您去找上司的时候居然一找就找着了,尽管他听见了您的敲门声唤您进去,尽管他朝您露出一个最可亲的微笑后还招呼您坐下,尽管他从头到尾地听您解释完您遇上了什么样的困难,尽管他言之凿凿地表明对您的尊敬以及好感,但是,您的薪资仍然得不到任何调整,因为雇用您的这家大型企业面临的是日甚一日的窘迫形势。

6

您且等上几个月。再说,您的上司度假去了;而艾美琳小姐又患了麻疹。

1

然而,得益于诸般巧妙的裁员手段,这当中您倒是奇迹般地避过了一难,再加上兼并了几个小型竞争对手,这家您珍而重之并且越来越庞大的公司最终得以巩固它的市场地位。

6

您回去求见上司。

2

要么他

5

都说了他不在,再费劲儿也是白耽误工夫。

6

那您

5

可别,她也不在。

3

一边感叹着世事无常

6

您去

5

其整体完整或部分地构成了

6

这家,相信我,您再也作不了多大指望的巨型托拉斯

1

的各个科室

2

转上一转

★

1

您去求见上司。

5

姑且假设他不在自己的办公室。

6

您去走道上守着他回来。

5

权且假设他回来了。

6

您迎上去问他能否立刻接见您。

5

假设他回答说不能。

6

您问他什么时候可以接见您。

5

假设他回答说只有等到下个星期一 16 点 30 分才行。

6

那么您回自己的位置去。

2

一边感叹世事无常。

6

您等到下周一。

1

16 点 25 分，您去见您的上司。

2

要么他在要么他不在。

3

照理他应该在，因为是他定下的 16 点 30 分召见您。

4

但您太清楚各位上司都是什么样的人了！全都一个德性！他完全可以定在 16 点 30 分召见您但到点时人却不在办公室！

5

不过，为了证明我们都是善心人，我们将假设您的上司正好在办公室。

6

您敲敲门等他回应。

5

进来!

6

您循声而进,否则您就真是老糊涂了。

5

他请您落座。

6

您向他陈述您的问题。

1

您十四岁受雇成为没取得职称资格的助理信童,月薪11872小法郎,经过四十三年勤勤恳恳的工作,您被提拔到高级办事员副手的位置,充任被委派协助以发展型统计与结构性前瞻为要务的核心部门的某经理工作的调研主任的副主任随员,享受第3类别、第9级、第二型、Rh阳性、C阶、修正指数321的待遇,即扣除相关的社保分摊金以及分红政策规定的各项应纳税额之后,实际领取工资778大法郎17新生丁。

2

要么上司听了您反映的情况虽是铁石心肠也难禁心酸。

4

要么他完全无动于衷。

5

但您的上司却有着悲天悯人的深刻人文情怀。

3

您的陈词让他极为震动。

4

他扑到您脚下。

3

他一把扯掉背心上的纽扣，痛斥自己的麻木不仁，用手划着十字。

6

怎么会这样，这怎么可能！他如此激动以至于话都说不连贯：我都不知道，您该早点来见我的，这简直无法容忍，太不公平了，决不能让这种事发生。

1

唉，只可惜他无权给您加薪，否则您走出办公室的时候肯定比进来之前要富有。

2

唉，可惜啊

3

毕竟您为之工作的是这么一家规模庞大的企业

4

放眼全国也是首屈一指

5

正因如此您才会为身居其间而感到骄傲

6

故此工资上涨

5

会引发方方面面极为复杂的问题

1

这不仅体现在财务上

3

同样还体现在与经济社会政策相关的各个层面

2

无论是短期的

1

中期的

2

还是长期的政策。

3

为了向您证明他完全是站在您一边的

4

表明他理解您的行为

5

甚至还予以鼓励的态度

6

您的上司会在您心中注入几分希望。

1

他将起草一份表示赞同的报告呈递人事部经理

2

而后者

3
征询过财务机构的意见之后
4
或许
5
有可能
6
在令资方时刻忧心的工薪阶层全面调薪的大前提下
1
于某次董事会上提出您的名字。
6
要相信您的上司。
1
别灰心。瞧,您最热切的愿望不是都已经满足了么:您去求见上司要求加薪,您的上司让您看到了一线希望,是的,加薪的希望。
6
和上司殷勤握手道别,热忱致谢。临行别忘了顺手把门带上,否则该死的穿堂风可是会让您的上司感冒的。
3
谢谢。

★

1
您见上司去了。他正好在办公室。您敲了敲门,他出声答应。

您进了办公室。他让您坐下，您也不推辞。

6

您向他细细讲述自己窘迫的经济状况，向他提出加薪的要求。

1

您的行为合情合理，这一点您的上司完全同意，但他同时也申明，放在这么一家您不过是其中沧海一粟的大型企业里，工资上调引发的问题格外复杂，会计、经济、财务以及各负责部门均牵涉其中。

6

尽管如此，他还是向您郑重承诺会支持您的要求，而且言下之意似乎过上一段时间您就能得到一份积极的答复，这一时限他定为六个月，虽说多少有些主观。

1

所以您等上六个月。六个月后

2

要么您的工资上调了，那自然不再有问题，要么您的工资没有上调，那么一切还得从零开始。

5

要是这样的话，您也只能从头再来。

2

一趟又一趟地去见您的上司

3

在走道上等他回来

4

一次又一次地去找艾美琳小姐

5

和她闲聊一阵子如果她心情还不错的话

6

又或者反反复复地去其整体构成了这家您为之鞠躬尽瘁奋斗一生的高贵企业的全部或部分的各个科室转悠转悠……

巴氏口袋

即便是在现代,削土豆皮或许仍是最大的冒险。

——勒内·德·欧巴尔迪亚《无名将军》

纪念贾斯通·若利

剧中人物

老妇人
男子
妇人
青年男子
青年女子
仆佣

1974年2月12日,《巴氏口袋》一剧于尼斯剧院首次上演,由罗伯特·康达曼(Robert Condamin)担任导演,贾斯通·若利、让·雅克·德尔波、雅克琳·斯加拉布林尼、弗朗索瓦·瓦赞、克莉丝汀·凡尔哲、罗伯特·康达曼分别扮演老妇人、男子、妇人、青年男子、青年女子与仆佣。

随着第一名观众走进剧场,剧台上铁幕落下。离演出开始约摸一刻钟,铁幕的另一边传来吸尘器颇为强烈的噪音。这时铁幕升起,为已经入座的观众露出剧台和六名早已登台数分钟的剧中人物。任何情况下均不能让观众看见演员"登上"剧台;非但如此,还要尽力给人感觉他们已在台上数小时、数日、数月之久……

然而,引座小姐仍在安排刚入场的观众就座,对剧台上发生的一幕仿若未闻。而同样,演员亦应对观众席视而不见,似乎铁幕根本不曾升起(而且也绝不会升起)。

剧台浸没在昏暗之中:仅有观众席的灯光漫射其上。光线应当缓缓变强,幅度几不可觉,但又要恰到好处,从而在达到预定效果时,正好回荡起敦促最后入场的观众赶紧入座的铃声。铃声结束,剧场入口关闭,灯光几秒后熄灭。再过片刻,传统的三次敲击声①响起。

舞台为剧情展开之处:具化为一个宽阔封闭的空间,无门无窗。墙上挂着的壁饰也许只是伪装而已,用意是营造出一个原本富丽堂皇却为光阴无情销蚀的场所。

剧台前区,花园一侧②,围着一面搪瓷铁盆摆着三个厨房用的老旧凳子,最好是各不相同。旁边是一叠报纸和一大袋用去不少的马铃薯。地上散落着揉成团的脏抹布和一张蓝色围裙。

---

① 法国戏剧传统,用棍杖敲击剧台地板三次以提醒观众演出即将开始,常常伴随着帷幕升起。
② 法国戏剧中,习惯将剧台左侧(视自观众席)称为花园一侧,而右侧称为庭院一侧。这是源自法兰西剧院的传统,因该剧团自18世纪后期进驻杜伊里公园后,所使用剧场正好一边临花园,一侧倚庭院。

剧台前区，庭院一侧，摆着一张窄床或一张长沙发，在上面要能躺能靠。一旁支着一张独脚小圆桌。

剧台中区，正中央，放着一张路易十三式扶手椅，破旧得十分厉害，椅毯已经裂开好几处，露出了里面的填充鬃纤。

剧台后区，花园一侧，勉强可见一些让人联想起厨房的物事：一个小炉子、几口锅……正中央，也只能是隐约见着一张桌子和一条长凳。

剧台周围，真真假假的麻袋四处堆叠得老高。

铁幕升起时，仆佣正在用吸尘器做清洁。凳子、扶手椅和床上都空着。老妇人躺在一袋袋堆起来的土豆上，像是睡着了又或者一副昏昏欲睡的样子。男子和妇人正在用十米卷尺丈量剧台。青年男子和青年女子坐在剧台后区的桌边。

随后的一刻钟里，六名剧中人物来来去去，看起来自由自在，各行其是。但关键是要在铃声行将结束时各归其位。

譬如，老妇人起身坐到剧台后区的桌旁，梳梳头，然后回到凳子前，系上围裙后坐下，在膝上摊开一张报纸，从口袋里取出几个土豆开始削皮。

仆佣一结束除尘工作，就到剧台后区做一盘土豆端给男子。而后者已量完了剧台的各项尺寸，这时早去扶手椅上安坐。

妇人到剧台后区陪男青年女子坐上片刻，然后回来跟着削土豆。

剧台后区的青年女子梳妆后倚到长沙发上，面向观众，开始专心致志的挫指甲。

青年男子也跟着来到老妇人和妇人身边开始削土豆。

演员还可即兴发挥或是自行编排别的动作。比如，青年男子比划几个体操动作；某人哼哼唱唱（比方说《土豆之歌》）；演员彼此之间低声交谈；正在丈量剧台的男子和妇人大声报出量出的数据并记录在本子上。诸如此类，不一而足。

任何时候，演员都不得看向观众席。

至演出开始时，即紧随院门关闭铃声结束之后、卡在三声敲击之前，台上情形如下：老妇人、妇人和青年男子坐在三张凳子上削着土豆；男子坐在扶手椅上，正吃完那盘土豆；青年女子偎在沙发上清理自己的指甲；仆佣四处走动忙着各项家务（整出话剧中他都是如此）。

无论是对铃声还是三次敲击声，剧中人物似乎都显得无动于衷，除了老妇人疑惑地竖起了耳朵，让人或有所觉。

三次敲击声后是一段颇长时间的沉默。

老妇人：……有人敲门！……我敢肯定，有人敲过门！……甚至还按过门铃……有人先按了门铃然后又敲了门！难道你们没听见？

沉默。其他人用烦恶的目光看着她。

老妇人：你们肯定没人敲门？
妇人：每天都来这么一出，还有完没完呐！
青年男子：跟您说过多少次了，虽然铃声响了，只不过有的时候有人，有的时候没人。

　　妇人：那简直再明显不过了！

　　青年男子：再说，敲门就敲门，按铃就按铃，怎么可能两件事一起做呢！

　　老妇人：不是一起做的，是一前一后……

　　妇人：还不是一样啊！

片刻的沉默。男子吃完了土豆，把盘子放在地上。仆佣很快就会过来收走。

　　男子：味道不错！我吃得挺香的！

　　青年女子：您还真不难伺候……

　　男子，**语调庄重充满深情**：我喜欢土豆！（停顿）我们对土豆谈论得还不够！（停顿）其实我们应该每天都怀着激动的心情想念土豆！（停顿）是土豆养育了我们！给了我们一切！

其他人几乎带着敌意持续缄默。

　　妇人：您就不能说点儿别的？

　　男子：我为什么要说别的？土豆，那是实实在在的东西，看得见摸得着，有形有体！不像你们那些无聊的东西！不是扯淡！土豆，可以削，可以洗，还可以做菜；能煮土豆泥，能拌生菜，还能炒土豆片！

片刻的沉默。

男子：各门艺术对土豆一向颂赞有加！吕加·德·宾什①的三折画、别称卡多尔菲尼的卡尔·菲利普·埃马努埃尔·卡杜夫尔②的祭坛饰屏、勒南的画作、乌东的巴尔芒捷③半身像、梅松尼耶的作品、米勒的《祈祷》！还有文森特·梵高！

青年女子：但不管怎么说，削下来的土豆皮总是偷偷摸摸往指甲缝里塞，再想弄出来可真不容易！

男子：那是您自己的问题，戴双手套不就行了吗！

青年女子：手套！！您让我上哪儿去找手套？

男子：自然是有的，还是专用的手套呢，薄薄的，很透明，都是论打卖的，用完就扔掉。

青年男子：这话不错，他们大可以给我们些手套的！

男子：那给您台自动削皮机，您觉得怎么样啊？这头放进土豆，那头就出薯条！想得倒挺美的，有什么就凑合着用吧！您恐怕不知道战争时期都用土豆干些什么吧？

妇人：战争时期哪来的土豆，那会儿只有洋姜和大头菜。

男子：错！！那会儿是有土豆的！就在战俘营！被他们用来做身份证，是的，夫人！

---

① 宾什，法语为 bintje，是土豆的一种，如同下文的卡杜夫尔等，均是以土豆称谓杜撰姓氏。
② 卡杜夫尔，法语为 Cartoufle，是法国 16 世纪一位农学家对土豆的称法，而卡多尔菲尼（Cartolfini）则是变形于 Cartoufle。
③ 巴尔芒捷，法语为 parmentier，是一道土豆名菜，其称呼却是源于该菜谱创始人的姓氏。

妇人：身份证？！？！

男子：正是如此！……其实，我想说的是……用来盖假印的图章……就是假章了，拿来模仿真的……用来造假证件……

妇人：随您怎么说，这中间一点关系都没有。

男子：您知道什么？

妇人，**几乎叫起来**：一双手套和一个假章就是没有任何关系！

男子：说什么呢，谁跟您讲手套了！我是给您举个不可思议的例子，是的，不可思议，人类那真真正正不可思议的创造性，听清了，我说的是人类。可您呢，只会回答说，一点关系都没有！没有就去找啊，关系，把它找出来，想象出来，别没事儿瞎嚷嚷！

青年女子：但不管怎么说，如果有手套的话，削下来的土豆皮就不会塞到指甲缝里……

沉默

男子：人类的想象力是无穷无尽的！每次想到人类利用蔬菜所作的伟业，我的心情简直无言可表！

青年男子，**没话找话说**：噢是吗？什么伟业呢，举个例子？

男子：要例子，那可是成百上千！欧内斯特卖了版权就为换点莵头茎，阿基米德靠它们烧了亚历山大港！还有藤生的或者曼声的菜豆，与村姑齐名的香菇！别忘了花菜！您知道吗，古人可是用花菜来抵抗记忆衰退的！

片刻的沉默

青年男子：都是过去的事儿了。
妇人：这些可不能帮我们摆脱困境。

沉默

青年女子：我弄断了根指甲。

沉默

妇人，**带着有些刻意的恶毒**：战争，您甚至都没参加过吧！
男子：我当然参加过，跟步骑兵团一起，就在芒德，那是洛泽尔省的首府！
妇人：您从来没有被俘虏过！
男子：是没有……那又怎么样？
妇人：您从来没进过战俘营！
男子：我不明白这有什么关系。
妇人，**得意洋洋的语调**：哈！哈！您讲的那什么假证件故事，整个就是吹牛皮、撒大谎！
男子：我向您保证，夫人，我知道自己在说什么……我读到过这事儿……在一本书上……一本值得相信的书……

妇人取了一粒土豆扔向男子。

妇人：那好，接着！给我们表演一个！雕个假章给我们瞧瞧！

男子接住或从地上拾起土豆，交给仆佣放回口袋。

男子：夫人，这些土豆交给我们，是让我们削皮而不是拿来玩儿的！
妇人：还是承认您不会吧。
男子：不否认，我既没有必需的工具也不具备相关的技巧来完成这类工作。反正这对我们也没多大用处。
青年女子：不过是您的看法而已！事实可未必如此呢！不先试试又怎么能肯定呢！
男子：一个有良知的人是不需要假证件的！
妇人：这跟良知扯不上半点关系，您清楚得很！
男子：跟假证件也扯不上！

片刻的沉默

青年男子，叹息道：说来说去还是没什么头绪啊！

停顿

青年女子：不能这么说……肯定有个合理的解释的。

妇人：话倒是这么说。

青年女子：要说进展缓慢，也算是实情，但我们终归还是会有些进益的……只需每天都向前迈上小小的一步……

妇人：进一步退两步，您是这个意思吧！这叫作开倒车！

青年男子：我们是在原地兜圈子呢。

妇人：随你怎么说，我们只是在原地踏步！

男子：刚开始总是这样的……不清楚该往哪儿去……

青年女子：或许是方法不对呢？

男子：不，甚至都不是这个问题，而是因为心烦意乱，过于急切，就糟蹋、挥霍了付出的努力，没有效率罢了……

片刻的沉默

男子：土豆，至少是形象具体、真实存在的……

妇人：您已经说过了。

男子：但怎么说都嫌不够。

沉默

老妇人：您最好还是老老实实削您的土豆，别这么瞎唠叨！瞧瞧您都干了些什么，四分之三的东西都浪费了！（转向青年男子）您也一样！

青年男子：这也算得上事儿！

老妇人:搁战争那会儿,您就知道算不算得上事儿了!

妇人:这又碍着您什么了?这些土豆又不是您的!

老妇人:不是我的就可以浪费啦?

青年男子:这东西啥时候都有!难道还能紧缺不成。

老妇人:有事儿做,就得把它做好,就是这话了。

男子:夫人,我认为您说得太对了……

老妇人:搁战前,哪会有这种事儿!(停顿)……嘿,那光景!您怕是只在梦中见过!全巴黎都聚在这儿呢,夜夜笙歌啊!要还在那会儿,您就有眼福了,那桌子、那花边、那餐具、那花束,啧!嗯,还有音乐会!泽尔弗斯的四重奏、玫琳娜大师、科尔萨科夫、威廉·内贝尔、塞尔乔·萨巴格里雍!哪样不是精挑细选,都是最好的!

青年女子:想必很让人向往吧!

老妇人:就是这个地儿,每晚餐前六点到八点的时候,我们都要在小音乐厅里开音乐会的……

妇人:再怎么说,这会子可是见不着了!

青年男子:我真不敢相信这里曾经有过一个音乐厅;即使是布置个小音乐厅,这儿也不够大呀!

老妇人:那是因为战争爆发了,所以被他们搞成了一团糟,他们不得不……四零年那会儿,简直是一窝蜂往上涌,他们全挤这儿避难来了,只能腾出一些地方来,总不能让他们一直睡在地毯上或者浴缸里吧……这是块好地儿,您知道的,老板是个世故的人,手腕高但也通情达理,有风度、有格调,也很讲究……这儿可不是什么低级小饭店,也不是那些蹩脚的车站小旅馆比得上的……来往的都是懂得生活的人,如果您明白我的意思的话!

男子:噢,夫人!这是一座相当出众的宅子……我曾经借宿过几次……那是在秋天里,园中的丛丛叶簇……神妙不凡……还有那野味!

老妇人:那是他们会选厨子!缪斯罗尔!老博尔丹!

妇人:才不是呢,您都不知道自己在说什么,老博尔丹,他经营的是米郎德镇上的邮政宾馆……您是把他跟居巴雍老爹搞混了!

男子:噢,居巴雍老爹,那可是真正的大厨师!他的拿手菜就是马氏家禽胸脯肉冻。

妇人:那是他唯一不会搞砸的菜式!

男子:这是诽谤,纯粹的诽谤!他的胸脯肉冻可是获得过法国美食届最高奖项之一的殊荣!

妇人:别搞笑了!佩里格那小镇上的集贸会荣誉二等奖也算殊荣?

男子:这道菜可是伺候过英国女王的!

妇人:女王她妈!

争吵似乎让青年男子感到厌烦,他站起身,摘下围裙,走向剧台深处,洗过手,然后坐到剧台深处的长板凳上。

男子:那又怎么样?女王的母亲曾经也是女王,不是吗?

妇人:可她后来不是了。

男子:一日为女王,终生是女王!

长时间的沉默。男子站起来。

男子，几乎带着哭腔：那一道白兰地炙烤鸡片啊！肥嫩的小母鸡肉切成薄片，用龙蒿腌汁炮制，以陈年波尔多溶化锅底调料，外敷鲜鹅肝作馅儿的脆皮饼，涂一层棕黄橙亮的松露汁，再配上洋蓟心和一份清淡的奶油刺菜蓟……

沉默。青年女子站起来，挽住男子的胳膊，领着他来到老妇人跟前。

青年女子：餐宴结束后，女王陛下有没有召见你们？
老妇人：先生，要描述您让我们体会到的感觉，宫廷语汇显然还不够丰富，但我们仍要不惮冒昧地说，先生，您的菜式足为传统增辉……

沉默。青年女子系上围裙，坐了青年男子留下的空位子。男子停留原地，满怀敬意地向老妇人鞠上一躬，然后走向剧台深处，倚着青年男子在长板凳上坐下来。

青年男子：然后，战争爆发了……
男子：只剩下她一个人，陪着自己的女儿还有她收留的那个小女佣……
老妇人：相信我，可敬的先生，要照料维持这么一座宅子，连个搭手的人都没有，可不会时时让人感到愉快的。有时候一天要做上七十顿饭，您能想象得到吗？外加物资供应为零！弄半升奶都要抢破头！

　　妇人：哎，用不着跟我们唠叨！谁都知道是怎么回事儿！黑市上您想要什么有什么，鸡蛋、家禽、黄油什么的，还不用您花一文钱，给您供货的商人收的都是实物。

男子慢慢踱回剧台庭院一侧，在床上坐下。

　　老妇人：战争就是战争！
　　男子：我对您没有任何指责之意，夫人，对于任何亲身经历过的人来说，战争都是一场痛楚而苦涩的考验……

短暂的沉默。

　　青年女子：我个人而言，是赞同劳动分工的理念的，我很愿意陪客人上楼，但要我削皮可不成！
　　老妇人：这没有商量的余地，我的孩子，您就是个花瓶而已！等您变得稍微机灵点再说吧。
　　妇人：我却觉得她能干好这事儿，当兵的不是吝啬鬼！（她笑起来）。
　　青年女子：喂，别太过分啊！
　　老妇人：好了，孩子，她开玩笑呢！您这么漂亮他们怎么配得上，可不会糟践您去陪那些大头兵的，德国佬就更不用说了！

（转向男子）。先生，您瞧瞧，这么娇俏可爱的身体，可不是如玉美人么，要上床也得跟银行家才能值回票价吧！（转向靠过来垂涎偷窥的仆佣）。您就不能死远点儿，老东西！是不是觉着像您这样喜欢偷窥的夯货不够多？

令人略觉尴尬的沉默。演员们彼此偷偷扫视。妇人在咳嗽。

男子，**语速很快，仿佛想转换话题**：其实我能理解您，亲爱的夫人……我们生活的这个时代实在是够滑稽的！我本人，这么说吧，这场战争，有一多半日子我都是藏在谷仓里的，和我儿子一起，好逃过"强制劳役"。那还多亏了一名乐善殷勤的老仆佣，虽然三十年代的经济大危机那些遥远的起起落落，迫着我们辞退了老仆佣，但他仍然忠心耿耿，我们这才能弄点儿只够糊口的粮食！……我记得当时一起有五个人，我们编织些柳篮子，由农妇去市场上卖了换点蔬菜、粉条、土豆什么的……啊，就是那会儿，我削了一阵子土豆皮！

妇人：就是那会儿，这位先生成了专家吧！

男子：正是如此，夫人，而且那时候还没有专门的削皮刀，只能使唤普通的厨用刀具。

老妇人：您肯定知道，那才是最好使的！

青年男子从剧台深处走回来，到扶手椅上坐下。

妇人：两种方法都有！

老妇人：最好的方法是先把土豆刷一刷，连皮下水煮，等煮熟后再剥皮，这样它们就能保留原汁原味。

男子：它们有滋味！您还真能说笑！洋芋，它根本就没味道！

老妇人：首先，那不是洋芋，是土豆，它们完全不是一回事儿！

男子：好吧，随您的便！就说土豆吧，它什么味儿都没有！

老妇人：是您自己没口味！

青年女子：你们别又开吵行不行！

老妇人：都一个德性！脚往桌下一搁就瞎嚷嚷，就只会这个！

妇人：喂，够了啊！

老妇人：我说的都是大实话！这是明摆着的事儿，多少都应该有点儿想象力才对，如果每天都做炸薯条，那肯定是会厌烦的，但如果是搅拌得细细腻腻的土豆泥呢，或者奶香焗烤土豆呢？嗯，焗烤土豆，确实不是随随便便就能做得好的，可一旦做好了，那也不是随随便便就能比得了的！还有沃纳斯土豆薄煎饼，你们吃过沃纳斯土豆薄煎饼吗？用撒了盐的清水煮250克土豆，捣成泥；加奶稀释后放凉。然后添一汤匙面粉和三个完整的鸡蛋，让鸡蛋一个一个地自己渗进去。这时再加一勺子浓浓的奶油，把所有的东西混在一起搅拌，直到面浆的稠度变得和普通奶油差不多为止。取一口平锅，搁上融化的黄油，就像煎鸡蛋一样。等到黄油滚烫，淋上四分之三汤勺的面浆。薄饼自然就成了。翻过面来再煎一煎就好。

长时间的沉默。男子倒在床上，闭上眼睛。

男子，叹息道：这些对我们可说不上有多大用处！

停顿

老妇人：不要泄气，我们总归是会找到一个合乎逻辑的解释的，别问我是什么，或许是一起雪崩、一场洪水、一次大灾难、一条鲸鱼……

青年女子：您干脆说第四维度得了！

老妇人：我知道，进展的速度是不快，但怎么说，我们每天还是有一丁点儿进步的。

青年女子：您想说我们在原地兜圈子吧！

男子：那都算有圈子可兜，但我们哪是在兜圈子，我们是原地踏步呢！

青年女子：我们是在开倒车！

妇人：当然不是了，只不过开始都这样的，脑子里没什么清晰的思路。

老妇人：我们的方法有问题，得另找路子。

妇人：主要是我们心烦意乱、过于急切，不肯接受参与游戏罢了。

老妇人：您说的对，是的，我敢肯定，我们终归会找到出路的！总不可能这样待上个一百单八年吧！

男子：这可未必！这么说吧，我认识几个英国人，他们在自己的客厅里关了 14 年。

妇人，**语速极快**：他们忘了关煤气？

男子，**语速更快**：不，他们以为是自己的梳子！

青年女子：至少，他们还在自己的客厅里！

男子：这对他们并没有多大的帮助。

青年女子：他们毕竟知道自己在哪儿，这已经得一分了！

老妇人：但我们有土豆啊！

男子：这一点毫无疑问！

老妇人：口袋、抹布、报纸、小刀、盆子，这都是实实在在的东西，看得见摸得着，我们有事可做，这可不是穷唠叨，而是有益于社会的！

男子：我们都不知道这些土豆哪儿来的！

老妇人：这是宾什土豆，从荷兰来的！

男子：从荷兰来的，真是好笑！

老妇人：我不懂有什么滑稽的。

男子：那也太远了点儿吧！

老妇人：离哪里太远了？

一刹那的沉默。

青年男子：它们是从园子里来的。

男子：园子！哪个园子？

青年男子，**示意剧台花园一侧**：就是那边的园子……

男子，**声音带着深深的失望**：哦，就那个园子啊……

青年女子，**略有些兴奋**：您知道那个园子？您去过？

妇人：是啊，他去过……但那是很久以前的事儿了……他还是个小孩儿……他已经记不太清楚了……

青年女子：噢，快讲讲！有没有树？有没有泥土？有花吗？

妇人：那是个很大的花园。

男子：也说不上有多大！

青年女子：别插话，让他说！多少也是属于他的一点经历！

短暂的沉默。

青年男子，**语速缓慢带着迟疑**：那是个大花园……很大的花园……有树……

青年女子，**语速很快**：树上有鸟吗？

青年男子：嗯……是的……我想跟所有的树都一样吧，上面有……

青年女子：还有什么？有花吗？草坪呢？

青年男子：是的，几块草坪，和大片大片的鲜花……有条向上的小径，边上的护栏看起来像是木头做的，实际上却是水泥敷的，以至于那些真正的树木生长时都把它们撑裂了，某些地方甚至有树枝绕着水泥生长，仿佛是树木想要把水泥栏杆整个裹起来，吸收掉，让它消失得无影无踪，到最后竟然真假难辨，不知谁是天然生成谁是人工建造，那既是以假乱真的水泥护栏也是以真仿假的树枝……**停顿**……然后就到了另一个花园……比这个还要大……里面有一块菜圃，几处温室，一座玫瑰园……一些铺着石子的花坛里还栽种着金盏花……

老妇人：……还有秋千……

青年男子：秋千，是的……您知道这个花园？

老妇人：或许是吧，那是很久前的事儿了，就像所有人一样……大花园里通常都有秋千的……

极短暂的沉默。

男子，**低语**：另一侧，有座院子，院子里有一道铁楼梯……

青年女子：嘘！听他接着讲！

男子，**爆发出大笑**：哈哈！他的园子从来都没存在过！只是充充脸面罢！不过三两株生长不良的灌木、一条砂石小路而已！

青年男子：才不是呢！让我说！这会儿我的记忆更清晰了！小路尽头有座房子……我在那儿住过一段时间……我记得很清楚……但时间太久远太久远了……可能是在战争爆发前吧，又或者是战争刚结束的时候！

男子：战前！你都还没出生呢！

老妇人：您就不能消停会儿！他知道自己在说什么！您凭什么老是反驳他！

青年男子，**环视身边**：我敢肯定，曾经来过这儿……即使我有些认不出来了……感觉上以前地方要大得多……但也可能是因为那会儿我还小。

老妇人，**轻言细语**：不，是因为记忆，总是会走样……即使是悲惨世界您也会觉得美如天堂。

青年男子：有一点我是知道的，我能肯定……我记得很清楚，当时不止一个房间……而是两个……不错是两间，由一道薄薄的砖墙分开……有一天他们让人砸了隔墙。其实那个时候，我已经不在那儿了，但很久以后我偶然得知了这个消息。我甚至听人说，施工工人在墙壁中发现了两只活蝙蝠，虽然衰弱得不成样子，很是苍白，而且瘦得只剩骨头架子，但是还能呼吸，长久不见天日的巨大眼睛还能视物！

青年女子：这怎么可能？

青年男子：据说，要上溯到很多年以前，可能是五十年、或者一个世纪、甚至是一个半世纪以前吧，当时房子还在建造之中，隔墙还没砌好，两只蝙蝠在砖头槽缝里睡着了，结果第二天就被封在墙里了。但它们却继续活着，甚至长大，因为发现它们的地方，碎石都被挖空了，并且保留着它们身体的印痕。

男子：这不可能，它们没办法呼吸。

青年男子：当然能呼吸，应该是有些许空气透过一些细小的裂缝渗了进去。

青年女子：但它们吃什么？

青年男子：它们靠墙上的石灰维生，想来它们也不需要吃太多吧。

妇人：它们已经算不上活着，只能说是苟延残喘……一次长长的，漫长的冬眠吧。

青年女子：说不定它们是永生不死的呢？

老妇人：可它们还是死了，嗯，就在它们重见天日的时候。

青年男子：您说错了。它们被放进一个纸盒里准备送去实验室。但第二天早上却发现纸盒已经打开，两只蝙蝠早不见了踪迹。

青年女子：后来再没人见过它们了？

青年男子：是的，再没人见过了。

沉默。

青年女子：你在这座房子里干些什么呢？

沉默。

青年男子：我不知道……我记不起了……我在里面来来去去……我在里面生活……

青年女子：你在里面生活？

青年男子：我在里面生活，是的……我想是该这么说吧……我住在那里面……

青年女子：可你在那儿做些什么呢？

青年男子：我不知道……跟所有人一样……吃饭、睡觉、散步……有个很大的公园……被卖掉了，后来……建了一条高速公路……不过那时候有座很大的公园，还带个网球场……

青年女子：你以前打网球？

青年男子：不……那一次没有……

片刻的沉默。

妇人，几乎是低沉的声音：还有别的吗？

青年男子：还有一台烤箱，用来烤面包的……一座亭子，有人去里面玩玩音乐，偶尔为之……一个大池塘，中心有个小岛，天气晴朗时就在上面午餐……不过有一年冬天刮龙卷风，几乎所有的树都被连根拔起……（停顿）……还有几只小船和一台钢琴，一个壁炉和一间大卧室，装饰着暗色调的细木护壁板和藻井天花板。藻井有三十九个。我经常数的……

青年女子：为什么？

青年男子：为了让我以后，能回忆起来……

男子：但是你却没有回忆起来！

沉默。

青年男子：不，我记起来过，很长时间，后来我忘了……然后我自己编造了一切。

沉默。

青年女子：那不是你的房间吗？那个有三十九个藻井的房间？

青年男子：不，不是我的房间。

青年女子：那么你的房间是什么样子的？

青年男子：我不知道，我想不起来……也许我是没有房间的吧……

青年女子：那你睡在哪儿呢？

青年男子：也许我是不睡觉的吧……要不就是睡在某个角落里或者楼梯下的蜗室，要么喝过头的时候就睡在厨房里的桌子上……也许我会去隔壁那所房子里睡觉，我不知道。

男子：他尽说瞎话！就一呆子，别信他的，他从来没去过这座宅子。

青年男子：我发誓说的都是真的，一定要相信我。

男子：如果他真去过，就应该记得更清楚，要知道，曾经生活过的地方，怎么都不会忘记的！

老妇人：您老是打断他，让他怎么记得起来！

男子：以我本人为例，巴迪尼沃尔街区，我是永远都不会忘记的，哪怕是半截入土了！

妇人：谁在乎你的巴迪尼沃尔！

青年女子：既然您这么能耐，那怎么不回那儿去呢！

男子：可惜不是我说了算！

老妇人：好了，你们都闭上嘴，听他讲完。

沉默。众人看着青年男子。

青年男子：……我讲到哪儿啦？

妇人，**轻言细语**：你给我们讲到一座宅子。

青年女子：一栋大宅子……你在里面生活过……很久以前！

老妇人：好好回忆一下……你回那儿去过的……

青年男子：是的……我回那儿去过……

长时间的沉默。

青年男子：其实也没那么久……我记不清了……或许是去年吧……那是个冬夜……天气又冷又湿……雾很大……一整天都在飘着融雪……

青年男子立起身：站在剧台中央，然后缓缓靠近三个正在削土豆的女人。

青年男子：……我乘的是火车，在车站看见一辆出租马车，就让车夫把我送到这儿来，但他却拒绝了我的要求；他告诉我拉车的马太老了，地上的薄冰有可能让马儿摔断腿，那样就不得不把它宰了，他不想这么做。于是我步行而来，那时天已经黑了，但我认识路；我坐轮渡过了河，下了渡口一头扎进森林里，走了差不多一公里半……我记得当时还在想，那座宅子我是不是还认得出来，能不能再见到战争期间或战争刚结束那会儿，那些和我同时在宅子里生活过的人，也许见不到他们本人，因为过去了这么些时候，他们说不定都已经去世了，但他们是有孩子的，这些孩子很小的时候我是认识的，或许他们还一直呆在那儿，还认得我……然后在那条斜坡大路的尽头，我看见了灯光闪烁，我加快步子，来到门前，我敲了敲门，可没人回应，于是我走进来，就见到了你们正围坐在盆子边上削土豆……

相当长时间的沉默。

老妇人：有什么需要效劳的吗，先生？

青年男子：对不起，夫人，请问这房子是阿诺夫人的么……？

老妇人：阿诺？夫人？

青年男子：是的，阿诺，夫人。

老妇人：我还是第一次听见这个名字……（**转向男子**）您有印象吗？

男子：凭良心说，没听过。

青年男子：其实我并不太意外，您知道……40年了，我还是第一次回来……

老妇人：40年，确实是很久远的年代了。

青年男子：是的，很久远了……可是我仍然记得……没有太大的变化……这儿是她的房间……她的床摆在这儿的……还有张小办公桌，那边，后面一点儿……

男子：不，很抱歉，这些我们都不知道，我们可是住这儿很久了……至少有二十年了吧……嗯，是的，二十年都是往少了说的！

老妇人：在我们之前是居巴雍老爹，他因为身体不好离开了巴黎，随后把产业也变卖了。

青年男子：是的……我明白……这儿现在成了一个小客栈……一家旅店……

男子：当然不是！那都是以前的事儿了，有过那么几年，但已经歇业了……生意太冷清……

老妇人：这地方离哪儿都太远……

片刻的沉默。

青年男子：好吧……噢……我道歉……我可能弄错了……

青年女子，**声音分外温柔**：不，先生，镇子里一定有人能给您提供消息、会认识这位女士的……

青年男子：那是一座大宅子，有很多的孩子，很多的猫……

男子，**突然产生了兴趣**：两个孩子两只猫！？

青年男子：不，有几十只、数十只、近百只猫……有一只全身棕红的叫作鲁格特，两只灰色的小猫叫汤姆一世和汤姆二世，叫美罗果敦的是只安哥拉猫，菲莉丝则是只黑色的小母猫，另一只全身棕红的叫马尔托，还有许许多多的半野生猫，也跟着它们一起来讨食，可等您想去抚摸的时候就会逃得远远的，不明白我们只是想给它们起个名字罢了……

青年女子：我们从来没养过猫。

妇人：可是这么长的时间，这位先生讲到的这些猫都应该有了好几百只小猫崽儿了吧……

老妇人：战争爆发了……都拿来作兔子了……

片刻的沉默。

妇人：孩子们呢？您说过有很多孩子的……
老妇人：孩子们，我们永远弄不清他们会变成什么样子……
青年女子：他们会长大，然后离开。

沉默。

妇人：那她呢……她怎么样了？

长时间的沉默。

青年男子，他突然指着仆佣叫道：可他！就是他！他应该记得！我认出他来了！他总是推着独轮车，锯着木头！阿诺！阿诺夫人！那些孩子，那些猫，您还记得，您认出我来了！您一定要认得我！

仆佣一动不动。

男子：就算他还认得您，也没办法跟您说什么……
妇人：他又聋又哑。
男子：就算您在纸片上写下这位女士的名字也没用，他不识字……
老妇人：他眼神不好使了，记忆也衰退了，如果他不认得您，您也没必要吃惊！
男子：他神志也不怎么清醒。

青年女子：这是个忠实的老仆，曾经把我放在他膝盖上跳啊蹦的。

妇人：是他救了我们，把我们引到这儿，藏了起来，直到战争结束……，

片刻的沉默。

青年男子：……建造这所宅子就是用来藏身的，每天在里面越钻越深，直到消失不见……就好像外面的世界已经不存在了，不应当还存在，不应该再触及您……每天早晨，雾气从池塘升起，笼罩住一切，我们套上老旧的羊皮上装出发去森林……

原本躺着的男子从床上坐起。稍迟，妇人，随后是老妇人来到他身边坐下。青年女子独自留在土豆边上。仆佣在剧台深处，青年男子在剧台中央，缓缓转着圈子。

青年男子：您应该记得……您不该忘记的……我们庆贺节日，围着一张大石头桌子吃饭……我记得，我记得，一切好像还在昨日，我似乎从不曾离去，仿佛我们一直都留在这儿……这里是一张圆圆的大地毯，那边，最里面有一张小床，盖着黄色的被单，可以小憩，那儿是一张陈旧的德国北部地图，这儿有几只填塞了稻草的鸟类标本……

妇人，吁了口气：填塞稻草的鸟类标本……

青年男子：您还记得……您想起了什么吗……

妇人：我觉得几乎是见着了……但我想不起来……

青年男子：那是个玻璃做的笼子……又高又窄……

男子：几只死鸟……为什么讲起死鸟来了……

老妇人：池塘上浮着鸭子，还能看见水鸡在草坪上追逐……

男子：一天，我去乡下的一座房子，有一扇窗户正对着一面斜斜的屋顶，透过窗子能看见房顶就在眼前，上面两只鹡鸰，双足修长纤细，鸟喙极薄极细，长长的尾羽轻轻颤栗，嗉囊洁白……它们在屋顶上走来走去，似乎一点儿也不害怕……

青年男子：不……几只填塞稻草的鸟类标本……我记得特别清楚，那几只填塞稻草的鸟类标本……至于其他的，我那时几乎是不看的……我不感兴趣……（停顿）……还有些老鼠……有时能瞧见它们游泳……或者吃草……或者从放置垃圾盒的耳房里溜掉……

沉默。

男子，声音里带着浓浓的厌倦：但那时有窗有门有楼梯，有一个铺着砂石的院子和几座花园……你可以出去，走一走……跑一跑……

青年女子：现在这里也一样，有花园有庭院……

妇人：他出去干什么呢？他不需要出去的，他那样就很好……

老妇人：事情往往就是这么发生的……原来，是绝不应该结束的，然而……

青年男子，*仿佛前面的对白都不曾听入耳里*：有一次，那是夏天的一个晚上，我们点起熊熊的篝火，搭起一个特大的帐篷，一个白色毡毛大帐篷，里面钻四十个人也没问题……另一次是在冬天，大概是圣诞夜或新年夜吧。地上垫着薄薄的一层雪，我们互相牵着手爬上了悬垂河上的平台。

青年女子，*低声呢喃*：河流……

青年男子：那是条大河，从前有车船往来其上，乘客们随着班卓琴声翩翩而舞，平底小舟上躺着十岁的双胞胎，随波逐流。

男子、妇人和老妇人坐在床沿上。男子摇头表示不同意。

青年男子：就是那样子的！您好好回忆一下！我们沉默前行，虽是夜晚，光线却格外明亮，薄薄的积雪足以吞没我们的脚步声，只有低低的、松软的嘎吱声，弱不可闻……我们一行人不多，五个吧，也许六个，肯定是喝过了酒的，但醉意却没有几分，也许有些幸福感吧，或者是心头的几丝茫然……这可能是一个略微伤感的节日……我们来到了那块空旷的长条地，拣了条石凳挤着坐下，将脚畔的月下景致收入眼里……

沉默。

男子，*轻声道*：我什么都没见着。
妇人，*低声道*：闭嘴！

众人都望向观众席,但视线朝上,看不见观众。

男子,*轻声道*:长凳上没有积雪。

妇人,*低声道*:有的上面有雪只是您穿着缀了皮里子的大衣所以感觉不到。

青年男子:难道您不记得了,当初有人说,河边,在那些还只有沼泽、采石场、牧场的地方,会立起一座宏伟的城市……

男子:如果别人随便讲点儿什么都要相信的话……

青年男子:那座城市是要倚着悬崖峭壁而起的!它会比威尼斯还漂亮!

沉默。男子站起来,从仆佣手中接过围裙系上,走到凳子旁边坐下,开始削土豆。仆佣搀着老妇人站起身,将她领到扶手椅上坐下。青年男子看起来愈加忧心,惶惑不安。

青年男子:这里,就是在这里,曾经有一个古城堡,一个很小很小的城堡!里面有一台颇有些年月的管风琴和几面陈旧的屏风!幽灵在夜间出没弹奏音乐!没错!两个退休的老人,时常到花园里坐坐,喋喋不休地讲述过去的经历!一个热恋中的老教授也偷偷来采摘黄玫瑰送给他祖母!晚上,螃蟹穿过地板缝隙爬进来,一位年轻的西班牙王子,全身着黑,缀着硕大的花边襟饰,过来坐到这张扶手椅上。(*他讲得越来越快,结结巴巴叫喊起来*)还有那几只小燕子!不够机灵的小燕子!没错!她们想卖餐具呢!还有那个逃进沙漠的家伙和另外一个人、那个美国人、大富豪！您回想一下，他娶了名歌手！歌手看上了猎场看守人！他本人嘛，自然乐意同那家伙的女人上床！四个人做了一场好买卖！您不记得了吗？不行！一定得想起来！您必须回想起来！您可不能把这些都已经忘了！

长时间的沉默。

仆佣走到青年男子身边，几乎是关爱地牵住他的胳膊，把他领到男子和青年女子身边的第三张凳子旁。青年男子坐下来，面色惊恐。所有人都神情惶然。

仆佣端上一盘土豆，老妇人接过来，坐在扶手椅上，默默地吃着。

老妇人：我们错了，不该陷入这种处境的，这对我们毫无益处……

男子：我们不应该绝望……办法总是有的，肯定有一个必要且充分的解释的……

青年男子：别妄想了，每次都是老调重弹！

男子：我知道，大家有些丧气！但我们有时间相助，这一点您很清楚！虽然缓慢但是坚定！

青年男子：我们前行无路，您想说的是这个吧。

老妇人：我们是在倒退。

青年男子：我们在原地兜圈子。

青年女子：那是因为我们总有点兴奋过头，对细节已经不太关注。

男子：我们缺少方法。我一向都这么认为的。

青年女子：我们太过急切，仿佛会有奇迹来拯救我们，让一切都在瞬间变得亮堂起来。

青年男子：说得轻巧！我们困在这儿，就像是老鼠一样，一辈子都出不去了。

老妇人：您说得不对！花园可不是虚构的，院子也一样，您知道的。

青年男子：知道这些又有什么用？百十次，我们测量这间房子，探查这些墙壁，寻找门户，百十次，我们计算从这张凳子到那张扶手椅要走多少步，从扶手椅到床边又要多少步，每次我们都试图从中得出些假设，找到些解释！（他将一个土豆狠狠摔在地上）这儿唯一真实的东西，就是这些该死的洋芋！

青年女子，柔声道：不是洋芋，是土豆。

长时间的沉默。刀具刮拢削下来的土豆皮的声音要能听得见。仆佣走来走去；其他人几乎是纹丝不动。妇人靠在床上，面朝观众席，但视线却未投在观众身上。老妇人就在她身后，坐在扶手椅中（场景开始时扶手椅的位置略有移动，以与布景相合）。妇人与老妇人之间的相互位置要让人短短一瞬间觉得那是场精神分析式的交谈。

青年女子轻声吟唱，
或可再加几人低声伴唱

我有一个简单的故事（重复）
要给大家来说个仔细（重复）
地上的人儿吃什么哟
土豆是他们盘中餐哟
您听得分明一点儿也不错（重复最后三行）

你若是游经那个国度（重复）
我所居住的那个国度（重复）
前前后后随您去望哟
满眼土豆望不到头哟
您听得分明一点儿也不错（重复最后三行）

有钱人要显尊崇荣华
爱把花儿在衣襟上插
要问插的是什么花哟
土豆开出的富贵花哟
您听得分明一点儿也不错（重复最后三行）

孩子们叫嚷着喊爸爸
孩子们吵闹着唤妈妈
怎么塞住他们的嘴哟
土豆来为母亲分忧哟

您听得分明一点儿也不错（重复最后三行）

早饭是每天的头一餐
随您喜欢还是不喜欢
满满一勺子盛起来哟
全是土豆烧成的菜哟
您听得分明一点儿也不错（重复最后三行）

日复一日都是老故事
不管是节日还是集市
夜宵也好甜点也罢哟
离了土豆啥吃不了哟
您听得分明一点儿也不错（重复最后三行）

更妙的事还不曾见过
热恋情人在火塘边坐
不说情话也不交心哟
只把土豆在手中传哟
您听得分明一点儿也不错（重复最后三行）

妇人，起初语调迟缓，声音几乎弱不可闻，然后逐渐清晰起来：有天夜里我做了个梦……那是在一个房间里……跟这一间几乎一模一样……一开始我觉得只有自己一个人……但很快我发现其实你们离我并不远……就在我身后……甚至可能就在我身前……你们离我近得似乎一伸手就触摸得到但同时却又可望而不可及……仿佛那并非你们的实体，而只是你们的影像吧，好像拍拍手就能让你们立刻消失掉……我面前有一堵墙，墙上有道又细又长的缝隙，突然间，我坚信自己可以穿进去，口子肯定会扩大，墙壁一定会裂开，然后我来到另一个房间……跟这间不太一样……远远没有这间那么长……但给我的感觉却亲切得多，就好像我在那儿生活过许多年似的……扶手椅上坐着一名男子……虽然我不认识，但他身上却有些古怪、奇异的地方……我们俩很长时间都没有说话……然后，我们开始交谈……那种花落雁归、似曾相识的怪异感觉愈来愈强烈，愈来愈沉重……然后别的人也进来了，或许就是你们吧……房间里变得越来越嘈杂，最后大家互相辱骂，不知所云……

老妇人：这是个旧梦了……

妇人：它还在继续……

老妇人：别的人也做过，而且代替了您，还在做……

男子：这几乎是个噩梦……

青年男子：但我们却逃不过……

青年女子：是不是像这样？某一天……有个房间被发现……起初是空空如也……打开橱柜，里面什么都没有……或许有几个旧衣架……上面写着圣·万桑、括梅西或卡萨·德尔·索尔、维多利亚这类酒店名称。大家开始入住、安家，摆上几件旧家具、一些小玩意儿……然后某一天大家发现原来自己一直生活在这里面……再也出不去了……

沉默。

妇人：那是因为不想出去……

老妇人：谁不想出去？

妇人：她……您……我们所有人……我们之所以在这儿，因为那是我们曾经的愿望……因为我们现在仍想留在这里……再也不要动弹……再也不要出去……

老妇人：那是为什么？

妇人：为什么！别老问为什么！我怎么知道！因为，所以！

男子：我们总不能老是自欺欺人，迟早有一天我们得讲真话……

沉默。

妇人：这也许是一个很古老很平常的爱情故事……她和海滩上认识的一个青年男子私订了终身。男子是个流氓，可她不知道，等她明白时，已经太迟了。为了男子，她偷走了祖父的所有积蓄。但窃案被侦破，那个年轻的混蛋也被两名警察带走……

老妇人：这样的故事每天都在发生……大家始终以为那都是虚构……可只要摊开一张报纸……

青年男子：故事是真的也好，假的也好，跟我们可没半点关系。

妇人：这事儿在小镇上传得沸沸扬扬，没任何办法阻止，所有的人都知道了，你们想象得到那是怎么个情景。

男子：镇上的人对她十分刻薄……没有人真的试着去理解她……

妇人，**在床上坐起来**：打那以后，她就待在这儿了，把自己一直关在同一个地方，就在厨房里，不言不语，好像听不见我们似的……

男子：我们轮流看着她。

妇人：我们很担心她的身体。

老妇人：其实她应当走出去，看看同龄的朋友，做做运动，打打网球，去去游泳池……

男子：啊！亲爱的夫人，我们可是嘴都说破了！

青年女子，**低声咕哝**：哪来的游泳池？

老妇人：她说什么？

男子：我听见她说没有游泳池。

老妇人：那又有什么关系呢！河里不是有浴场吗，那还更浪漫呢！

妇人：她就算是答应在院子里走两步透透气也好啊，她脸色都惨白成那样了……

青年男子：你们就消停会儿，让她静静吧！她又没碍着谁！如果她不想出去，那也是她自己的事儿！可不是你们打搅她的理由！再说，让她去外面又能干什么呢？

老妇人：很多事儿可干啊，她可以散散步，看看建筑，逛逛商店，买点裙子什么的！

妇人：裙子！她有好几十打呢！她的柜子里都挂满了！可她从来不穿，宁可一身工装服，像个邋遢鬼！

青年女子，**低声咕哝**：那比较经脏。

老妇人：她说什么？

妇人：你说什么，我的甜心？

男子，**几乎是大声喊道**：她说那比较经脏！

片刻的沉默。

老妇人：得看看医生……

男子：医生！每天晚上都有个医生过来！甚至还有个救急员呢！可起了什么作用没有？

妇人：那不是她的错……我们实在是没办法……

老妇人：生活就是这么无奈……

妇人，**叹息道**：是啊。

老妇人：那，她一整天都在干些什么？

妇人：您瞧，她削土豆呢。

男子：她酷爱削土豆，简直就是一项嗜好……

妇人：那已经成了她生存的理由……

青年男子：有土豆可削，有土豆可谈……这是她唯一的乐事。

青年女子：土豆，再怎么谈论都不够……我们每天都应该讲讲土豆的……是土豆养育了我们！给了我们一切！

妇人：是啊，我的甜心，你说得不错。

青年女子：给我讲讲土豆吧。

青年男子，**站起来**：土豆，学名唤作马铃薯，是种子作物和被子作物的一种，属于双子叶植物纲，是上位子房合瓣花类进化枝，列于茄目、茄科、茄属之下。

男子，**站起来**：土豆外生草本茎，中空如管；叶片带有翼瓣，小叶锋锐无毛呈椭圆；花色微白或红紫，呈伞房花序排列；结有柔软的浆果，形状大小类同樱桃；根部为可食用的块茎。

妇人，**站起来**：土豆有三百多个品种，首先，其中作为大面积种植作物，适于牲畜喂养或工业用途的，我们可列举莎务土豆、淀粉红土豆、速生玫瑰土豆、马格努姆·博努姆土豆、巨无霸土豆、布列塔尼土豆、博维农学院土豆、里氏大将军土豆。其次，作为菜蔬种植，为人类提供口粮的有维特罗特土豆、红香肠土豆、冯特内美人土豆、白卵石土豆、马若阑土豆、马若阑德塔土豆、竖芽土豆、哈雷速生土豆、紫罗兰速生土豆、荷兰王后土豆、威尔士王子土豆、极品土豆、维克多土豆以及雪片土豆！

三个人精疲力竭，重新坐下。

老妇人：每天都来这一出！

男子：有时候甚至一天两次！

老妇人：想来很是劳心费力吧！

妇人：噢，主要还是记忆力的问题。

青年男子：我们已经开始习惯了。

沉默。

男子：这对我们没多大用处……很显然……但可以打发时间，一点点……

青年男子：也没别的事儿可做……

沉默。

妇人：说起来还有一扇门呢……那边…… (她指着剧台庭院一侧)。

老妇人：门后呢？门后是什么？

妇人：是一道铁楼梯，转着圈子向下的。

老妇人：一道螺旋楼梯……

妇人：是的……

老妇人：这道楼梯它通向哪儿？既然是楼梯，总要通向某个地方的。

妇人：自然是通向下面……既然它是往下去的……

老妇人：那下面又有些什么？

妇人：您以为有些什么呢？当然是另一道楼梯啰。

老妇人：它通向哪儿，这另一道楼梯？

妇人：我不知道……下去不了……

老妇人：下去不了……

妇人：有个带窗口的小房间，窗口后面是个看守……

男子：看守！您未免有些夸张吧，那不是看守，是门房，一个门房而已，一个门子，看门的。

妇人：不对，那是个真正的看守。

老妇人：真正的看守？

妇人：真正的看守：一个守门人。他把守着门户。如果他会把门打开，那倒可说是门房，或者开门的，或者随您怎么说好了。可他却只是把守门户并不开门啊。他拦着外面的人进来，防着里面的人出去。

青年男子：那我们呢，我们是在外面还是在里面？

沉默。

妇人：本就是一回事儿，没一丁点儿区别。

老妇人，**声音压得极低**：我们是在另外一边……

沉默。

青年女子：不错，可他人很好……

男子：谁？

青年女子：那个看守。

男子：你见过他？

青年女子：没有，但我知道。他是个上了年纪的男人，穿一身带绦饰的漂亮制服，上面布满条纹，点缀着银色装饰和镶嵌物品……（停顿）……他戴副眼镜……

男子：既然你从来没见过他，怎么知道这些的？

青年女子：我就是知道，我还知道他叫什么名字呢。

青年男子：他叫什么名字。

青年女子：如果我告诉你，有什么奖励？

青年男子：讲什么理？讲道理。

青年女子：他叫阿罗伊休斯·范·德·霍夫·德·沃斯金。

男子：他是荷兰人？

青年女子：不是，是科西嘉人。

男子：怎么可能，没有科西嘉人会叫阿罗伊休斯·范·德·霍夫·德·沃斯金这个名字的。

青年女子：有，他就是。

男子：不可能。

青年女子：他入了国籍。

男子：我不相信。

青年女子：你从来不相信我！

男子：首先，不存在加入科西嘉国籍这一说。科西嘉是法国不可分割的一部分，是一个省！

青年女子：随您怎么说，他可是在科西嘉生活呢！

男子：他是这儿的看守，怎么可能在科西嘉生活！

青年女子：谁能证明我们不是在科西嘉呢！

男子，**大叫道**：说什么呢，你可和我一样清楚，我们不在科西嘉！

青年女子，**叫得更大声**：把话说明白：什么叫我和你一样清楚！！！

沉默。

老妇人，**声音里带着厌倦**：你们有完没完，简直烦透了，你们是在浪费我们的时间。

妇人：说了这么多，我们还是不明白为什么你那个守门人拒绝开门。

青年女子：我怎么知道……他就那样儿……

青年男子，**指着仆佣**：应该问他！他肯定知道我们为什么在这儿，这老奸鬼！

老妇人：他是哑巴。

青年男子：骗谁呢！他收了钱的，什么都不会讲，就是要刺探我们说了些什么，然后去告密。

妇人：向谁告密？

青年男子：向别的人……藏在后面的那些人……其他人。

略微尴尬的沉默。

男子，**勉强笑着道**：藏在铁幕后面！

尴尬的笑声。咳嗽声。沉默。

男子：我不明白这怎么可能，不管怎么说……他和我们一样困在这儿啊!

妇人:他跟我们寸步不离。

老妇人,*带着极轻的俄罗斯口音,但在随后的对白中越来越明显*:监视我们倒是有可能的,但要说他刺探我们的秘密,我可不信。

男子:管他呢,反正我们也没什么要隐瞒的!

妇人:我们就那么肯定?

沉默。他们目光交错,面带忧色。

妇人:我记得……他们把我们领走……他们让我们穿过一道小门……然后我们沿着数不清的走廊……我们在这儿汇到一起……甚至连门关上了我们都没听见……

老妇人:不错……我也记得……我们互相盯着看了……很长时间……都不明白……

妇人:然后,在我们周围……装着土豆的口袋、凳子、盆子。

老妇人:甚至还有一道铃声……从远处传来。

妇人:您确定么?

老妇人:不知道……但我觉得好像是……一道铃声……或者是那会儿有人在敲门。

沉默。

妇人,*带着轻微的比利时口音*:您知道,据说是真的……有时他们把人逮住，不知是什么原因……

男子：战争时期。

妇人，**带着轻微的比利时口音**：不，不只是战争时期，和平时期也一样！

男子，**随意操着某种口音**：这可太愚蠢了，我们什么都没干呐！

老妇人，**带着俄罗斯口音**：或许干了没干都无所谓吧……比方说，有个国家元首去外国访问，所有的政治流亡者都会被逮捕……仅仅出于谨慎而已……

妇人：……他们去度几天的假……

男子：……由法国政府负担费用……

青年女子：……去科西嘉……

长时间的沉默

男子，**不带口音且语速极快**：您是政治流亡者？

老妇人，**同样不带口音且语速极快**：不是，您呢？

男子：我也不是。

其他人摇摇头表示否认。

老妇人：那就是另外一回事儿啰……

长时间的沉默。

妇人：情况或许更严重……我们可能掌握着某个秘密……自己却不知道……甚至都没怀疑过……有一天……出于偶然，我们打开了一封不是寄给我们的信，或者是我们在咖啡吧听见了一番谈话……又或者我们在无意中进错了旅店房间，却懵懂不知，然后发现了一个名字、一个地址、一个电话号码……一些本应该是绝密的东西……而别的人呢，他们绝不能容许有丝毫泄密的危险存在，您明白的……

男子：或许更糟糕……我们知道了某些事却不能说出来……

沉默。他们带着怀疑彼此打量。

老妇人，**声音压得极低**：我们到底是谁……

妇人，**声音压得极低**：我们在这里干什么……

男子，**声音同样压得极低**：……我们所隐瞒的一切……也许我们彼此并非真的陌生……也许这里有一位丈夫和他的妻子……一位母亲和她的女儿……

青年男子：……更糟的是……有一些怪物……一个金龟子的母亲……一名猫人……一位暴虐的教授……

青年女子：不！不！不！不是这样的，太荒谬了，完全说不通！我们什么都不能说，那是因为我们什么都不知道！

男子：我们也许什么都不知道……但他们认为我们知道些什么……他们坚信这一点……他们就是为此而来的……他们等着我们说出点东西来……

妇人：他们要来细细搜查我们记忆的每个角落……
老妇人：我们潜意识的最深处！
男子：他们拥有神奇的手段会让我们交代！
青年男子：那种可怕的坦白剂……著名的牛吹唢呐！

沉默。众人吓呆了，盯着青年男子，满脸怒容。

青年男子，期期艾艾，声如蚊呐：……对不起……我是想说"硫喷妥钠"……

沉默。

青年男子，很不自在：牛喷，妥钠……牛吹，唢呐……
老妇人：行了行了，我们听懂了……

沉默。

青年男子：反正你们编的故事挺白痴的……
男子：你知道什么？说不定就这个才是真相呢。

长时间的沉默。老妇人和妇人吃着仆佣为她们端来的一盘土豆。

男子：二十支快活似神仙呐！要能点上一支，叫我拿啥换都行！谁有烟没有？

　　青年女子：不准抽烟的，那上面写着呢。

　　男子：这还怕没法子应付么？

　　老妇人：谁都没有香烟，您清楚得很！

　　男子：那还可以问守门人要嘛。

　　青年女子：他有很严格的规定。

　　青年男子：他不是坏人，或许他会答应……再说，试一试也费不了什么。

　　男子站起来，走近仆佣，试着告诉仆佣他想来根烟。仆佣费了会儿工夫才明白过来。最后他从上衣口袋里掏出一根皱巴巴的香烟（或者剩下一大截的烟蒂）递给男子，男子神情愉悦地点上。

　　老妇人：您就不让朋友搭两口！

　　妇人与青年男子：就是，就是！

　　男子几乎是带着遗憾和不舍与其他三人分享香烟。他们聚在剧台中央，围着椅子上的老妇人，在仆佣淡漠的目光下轮流抽着烟。青年女子独自待在削土豆的角落。

　　老妇人，很是粗鄙地说道：噢，这地儿已经不错了，我可见过更糟的！

　　男子：你这话没错！去年有人卖给我们间破房子，你要见到了……里面五个人就差叠一块儿了！这时节，那些头头们如果没有地毯、电话和电视的话,倒是正好。

妇人:我们还见过更恶劣的,连老鼠都有……

短暂的沉默。

青年女子,**独自待在一旁**:我明白你们的意思……但这还不够……人家听不懂,好吧,懂得不多……你们得讲讲自己做过些什么……为什么会在这儿……又是怎么被困住的。

青年男子:你这个密探倒是挺尽职的啊!

男子:凭什么告诉你呢?你,他或者其他人?**他先指了指仆佣,然后隐隐约约指向大厅。**

老妇人:她这么做,我一点儿都不吃惊,这种人,连亲生母亲都能出卖的!

青年女子:就算找个借口也要高明点儿的吧!要我说,你们就是一群可怜虫!

青年男子:你才是可怜虫!借口,那是从前的事,你都不知道自己在说些什么!

男子:等我们遭过的罪你都尝过了,再来瞎咋呼吧!

青年女子:别以为猜不出你们在这儿耍什么把戏!

青年男子:好啊,你猜吧,我们听着呢。

青年女子,**对青年男子道**:就说你吧,我一看就知道,是个堕落的富家子。先是账上没钱开开空支票,你父母总算没让事儿闹大;但有一天,你喝得醉醺醺的碾死了一个可怜的孩子,你甚至都没停一停。

青年男子：想象力挺丰富的。

妇人：编个故事也不要太蹩脚吧！比如说詹姆士·邦德，玛塔·哈丽什么的！有点悬念嘛！

老妇人：或者来一场凄美的司法错误！

男子：我自己倒觉得很可以扮一扮刁猾的医生。

妇人：瞧你那嘴脸，像是读过书的人么！

男子：可以非法行医啊。不用文凭，自己就能发的！

青年女子：也不怕风大闪了舌头！你要么一个赌马的老千，要么爱勾引那些俗不可耐的女人好骗光她们的积蓄！

男子：这话说的，除非是聋子谁听得入耳！你呢，你又是什么样的家世呢？

妇人：你们听着吧，绝不是一回事儿，肯定是一则凄美的情感剧。

老妇人：还不是跟那些情感杂志一个套路！

沉默。

青年女子：我是一个纯洁的姑娘。仅仅是宿命就让我不堪重负。我一直生活在乡村。很小时就许配给附近的一个农夫。唉，订婚后不久，村里就来了一名富有的外乡人。他风度翩翩令我着迷，以至于我把一切义务都置之脑后，接受了他的邀请，参加他专为我举办的华丽盛会，天真地认为他的慷慨行为是真诚爱慕的宣言，不曾怀疑那只是为卑劣龌龊的引诱行动而披上的华丽外衣。若非巧合，我还会受到更大的玷污。我稍迟后才知道，原来这名男子早已劣迹斑斑，被嘲弄的丈夫和绝望的情人多不胜数。他们怀着复仇的决心一路追踪。其中一位，不但未婚妻遭到这个花花太岁可耻的奸污，连岳父也被杀害。那是一名被授予荣誉勋位的退休老船长，听见叫喊声，急忙赶去救护他的女儿；那个恶棍仗着身强力壮，对老船长一番卑劣的侮辱和挑衅后，下了毒手。年轻的未婚夫以生命发誓血债要用血来偿，不洗清岳家遭受的羞辱绝不罢休。他寻到了歹徒的踪迹，闯进宴会，当时那个恶棍正趁着人群涌动，企图把我拖进他的秘房。我就是这样逃过一劫。唉……

　　老妇人，*打断她*：喂，行了行了，你的故事不用再讲了！没趣得紧，跟这儿一点儿关系也没有！再说，我们已经听过了！

　　青年男子：你的故事可不怎么新鲜，至少都是战前的故事！

　　男子：如果你给它配点音乐倒还勉强！

　　男子被仆佣发出的尖厉哨音打断。所有人都闭上了嘴，像是中了定身术，然后各人回到自己的位置：青年男子坐在床上，妇人在扶手椅上坐下，其他三人使劲削起土豆来。仆佣向青年男子做了个手势，青年男子愣愣地看着他。

　　青年男子：他又想怎么样了？
　　男子：这不难猜！他跟你示意光线太强了。
　　妇人：得把帘子拉上。

　　沉默。

青年男子：好吧，我去……就知道使唤老实人！

青年男子走到台前，作出拉帘幕的动作。帷幕垂下。剧院大厅里的灯光亮起。垂下的帷幕保持几分钟，再次升起时，离幕间休息结束还有好一会儿。台上的人物似乎没有移动。他们都在吃紫雪糕。吃完后，三个削土豆的继续削土豆，坐在扶手椅上的妇人开始修指甲，青年男子就着仆佣刚刚端给他的一盘土豆吃起来。

长长的铃声响起，幕间休息结束。剧厅大门重新合上。

长时间的沉默。

青年女子：铃响了……我敢肯定有人按铃！你们没听见吗？

沉默。其他人带着厌烦的神情看着她。

青年女子：你们确定没人按铃？
老妇人：那好，您去开门吧！还在等什么呢？
青年女子，耸了耸肩：我只说有人按铃，可没说有人按门铃。
妇人：如果铃声响了，通常都是有人按门铃。
青年女子：电话铃就从来不响的，是吧？
男子：我们没有电话。
青年女子：那好，闹铃总会响的吧。
老妇人：哪儿来的闹铃。
男子：我们要那东西有什么用！

妇人打个哈欠。沉默。青年男子吃完他的那盘土豆。

青年男子：好吃到爆！这么久来最好吃的！

老妇人：您还真不难伺候……

青年男子：我喜欢土豆！我们对土豆谈论得还不够！其实我们应该每天都怀着激动的心情想念土豆！是土豆养育了我们！给了我们一切！

老妇人：您就不能说点儿别的？

男子：我为什么要说别的？土豆，那是实实在在的东西，不是瞎扯淡，不是装门面，不是发大梦！看得见摸得着！可以削，可以吃！有了土豆我们才得生存！更何况我们现在有事可做也全是托了土豆的福！

妇人：是不错，但削下来的土豆皮，跟手指甲可是冤家对头！

青年男子，*越来越激昂*：别拿你们的指甲来烦我们，关我们屁事儿，指甲指甲，大不了你们用牙齿啃下来呀！你们有点概念行不行，简直是，你们知不知道，地球上有两千五百万公顷的土地是专门用来种土豆的！两千五百万公顷啊，那是什么概念！你们知不知道，全球每年生产的土豆有三亿吨呐：其中两百八十万在奥地利，四千四百万在波兰！一千四百万在美国！两百四十万在南斯拉夫！九千万在苏联！四百万在西班牙！三百八十万在意大利！三百七十万在捷克斯洛伐克！英国有七百六十万！印度有三百五十万！日本快到四百万了！三百三十万产自荷兰！一千两百八十五万七千产自东德！一千一百万产自法国！两百五十万产自加拿大！还有一千九百万吨的土豆产自西德！

沉默。

妇人，*听之任之*：真是令人震惊啊。
男子，*同样的语调*：实在是令人震惊啊。
老妇人，*同样的语调*：啊，都是数据呢。
青年男子，*激昂如故*：哼，非洲、南美、大洋洲！我还没全部列出来呢！

沉默。

男子：我刚刚还在奇怪：他怎么不提大洋洲呢！
妇人：澳大利亚人他们也有权吃土豆的！
老妇人：当然了，他们可以进口嘛，这可比自家种要简单啊！
青年男子：你们知道最能吃土豆的是谁吗？
妇人，*打着哈欠*：不知道。
青年男子：是比利时人。
老妇人：这我倒是不奇怪。
青年男子：每人每年要吃掉一百二十二公斤！
男子：您可又让我长了见识！
妇人：那差不多是每天三百三十三克三三！

老妇人：每顿一百六十六克六一六。

男子：吃这么多还真得喜欢才成！

青年男子：德国人以很细微的差距紧随其后：一百一十八公斤！法国人就差得多了，一百零五；英国人一百零二；荷兰人九十三。

妇人：恐怖的一年啊！

青年男子：排在最后的是瑞士人，五十七公斤；意大利人，四十五；以及美国人，三十九。

男子：没澳大利亚人的数据吗？

青年男子：没有……但我可以试着算一算……我们先看看啊……十万公顷……乘以一百四十四担……这没什么难的……我知道种植面积和每公顷产量……得出的结果……换算成吨……我们来瞧瞧啊……一百四十万……只消除以澳大利亚的人口……算一千万的澳大利亚人吧……一千万澳大利亚人消耗一百四十万吨……那么就是一千四百个澳大利亚人消耗十万吨……不不……是一万澳大利亚人消耗一千四百吨……一百个澳大利亚人十四吨……十个澳大利亚人一千四百公斤……哈，居然每个澳大利亚人消耗一百四十公斤呢！

男子：啊，就是比利时人也比不上呐！

妇人：这些澳大利亚人也真是的！

青年男子：肯定是哪儿算错了……（他扳着指头计算，但似乎得不出任何满意的结果。）

短暂的沉默。

妇人：算了吧，还真能指望有什么用处不成！

青年男子：那我就不知道您想怎么样了！我给你们提供的是数字！逻辑的、具体的数字，而且是需要发挥想象力的！

男子：您还不如算算削了多少土豆呢！至少能派上点儿用场！

青年男子：先生，您得明白，统计是一门需要长久耐心的科学，否则就无法取得积极的成果！

男子：耐心地在原地兜圈子……

妇人：我们又回到起点了！

男子：我们一直都在同一点……

妇人：生活不就这样！

老妇人：您管这叫生活？

男子，**突然激动起来**：当然了，她说得不错，这就是生活，生活就该这样，它不就是这个样子的么！说到底，我们有什么好抱怨的呢？不愁吃，不受冻，不担心闲得慌……

妇人：我也不是真的要抱怨什么……好吧，我不过是想弄个明白……如此而已……看在艺术的份上……

男子：那您就错了，正因如此才格外的美妙，没什么需要弄明白的……就是要这样才符合逻辑，因为本来就是这个样子的嘛，那不就结了……尽管回到了这个地方，但随着时间的流逝，连到底是怎么来的都记不起了，只是约莫记得，曾经拎着箱子候在站台上，那是个肮脏的火车站，油腻腻的候车室里散发着恶心的味道，像是有人呕吐过，或者是老猫的霉腐味儿，还有点像奶酪，要问是在哪个城市嘛，就当是维耶尔宗吧，本来是要换车的，可是误点没赶上，然后遇上了一个塞内加尔的家伙，那是多年前在柬埔寨认识的，不过也有可能是在交趾支那，候车室里与他偶然相遇，他也一样不太明白自己为什么会出现在那儿，是怎么回事儿，他本是在那儿等车，可惜弄错了方向，只好等另一趟，但心里却也吃不太准，他随身带着半打胡乱捆扎的盒子，还有一截蒜腊肠，他问您要不要来一点儿他的蒜腊肠，他想解释却又满脑子浆糊，原来有人给了他一张过期的船票，于是他答应在船上作运煤工，就这么到了雅加达，在那儿的一个酒吧里，不，甚至都算不上酒吧，只能说是一个供应小吃饮料的木板棚子，他遇上了某个家伙，那是六月里的一个早晨，刚好七点，天上下着雨，凉飕飕的，那家伙呢，正好，他从来没去过柬埔寨，但他还是很跑过一些地方的，所以，他问他认不认识菲利克斯，那个在仰光开餐馆的比利时人，另一个……

老妇人，**打断他**：餐馆！老是餐馆！他就不能干点别的，您的那位菲利克斯！

男子：实在是没得选择了！您觉得他还能干些什么？

老妇人：干什么不行啊！锁匠！会计！房产开发商！我怎么知道！

男子：那可未必！他了不起作个教员罢了，他有三个学生，跟他学法语，又或者他每天五点到七点在帝国大酒店的茶厅里拉拉低音提琴。

妇人：我倒是觉得他更像个权杆儿；不是和马来西亚的皮条客白刃相搏，就是和嘴里喷着蒜味儿的希腊龟公掷骰子赌钱。

男子：您可真够浪漫的！

妇人：怎么比得上您呢，你可是言必称东南亚的！

男子：我提到柬埔寨或者印度尼西亚，不过是为了有所指而已……听起来更真实，会让人有身临其境的感觉……但故事大可以发生在任何别的地方嘛……布列塔尼啦……摩尔凡高原啦……这都无关紧要……

妇人：你说什么无关紧要？

男子：这，这无关紧要……

妇人：那什么才要紧呢？

男子：嗯，当然是除此之外的东西啦，行李箱、胡乱捆扎的盒子、蒜腊肠……还有候车室，一些在里面等车的人还在纳闷自己为什么会在那儿……弄不明白他们五年前还在圣马洛作赌台管理员的，怎么就回到了尚贝里呢，况且，说起赌台管理员……那可不是什么轻松的活计，不但要思维连贯，还得有信心做好指导……甚至都算不上赌台管理员……不过是楼层侍应生、电梯员而已……而且电梯还小得不得了……底楼布置了门厅、接待处、衣帽间、吧台、博彩球……二楼设有轮盘赌、百家乐、轮庄赌……都是大赌注游戏……三楼是经理的宅第，但电梯每天仅仅上下两次……晚上九点时接他下去，凌晨两点打烊时送他上去，其他时间他都是坐自己的专用电梯，再说，圣马洛大手笔下注的人也不是多如牛毛，所以四分之三的时间里，电梯员都无所事事，于是他就怀念自己的青年时代，记忆中，他的理想就是要在六日大赛时去冬季自行车赛场卖热红肠……

青年男子：六日大赛？

男子：倒也是，您的年纪太轻，还不曾见识过！哎，六日大赛可是不同寻常呐，凌晨三点那会儿，可不怎么暖和，车手们捂得严严实实，摆弄着自行车龙头，不知道的还以为他们是边蹬踏板边打盹儿呢，但突然，就有某个车手清醒过来，猛然发力，一下子横扫所有奖项！

老妇人：然后呢？

男子：然后什么？

老妇人：他在尚贝里干什么啊？

男子：或许在尚贝里，或许在别的什么地方……不过那又有什么关系呢……说不定是住在昂赞的一家小旅店，一个寄宿家庭里呢，就在昂赞市郊，电车站正对面……反正，他就是在那儿……过着深居简出的日子……有一小笔退休金……或者他在勒瓦鲁瓦-佩雷镇有一个五楼上的小单间，窗户朝着个小院儿，因为入冬的缘故，有市政职工被派来修剪那些只剩下桩茬的树木……

青年女子：那他过得还算如意吗？

男子：算不上如意也说不上凄惨……他人在那儿而已……

青年男子：他还念着我们吗？

男子：或许他不再挂念我们了……不过他曾经是非常挂念的……他甚至还为我们担过心……偶尔他也会想知道我们的日子是怎么过的……有一天，他在昂古莱姆……

妇人，*打断他*：是十月里的一天么？

男子：不，不是那一天……是八月里的一天……八月底……一个星期五……快到中午十二点的时候……他走进车站的餐台……寻了个位子坐下……点了杯克拉克桑开胃酒、或者叙兹龙胆酒、或者卡萨尼、又或者夏朗德甜酒,因为夏朗德出产的葡萄甜酒可是当地的特产……然后开始记挂我们,心里想,要是我们能收到他的一封短信,肯定会很高兴的……不过,他并没有提笔,反而看着候车室里的人发起梦来……候车室的人不多……三个玩电子弹球的家伙,还有一家子在等从洛舍弗尔来的火车……一家六口,几个孩子又喊又叫的……可能就是这个原因他才没给我们写信吧……

较长时间的沉默

青年女子:或许我们就是这么一个……今日的……法国……样板家庭……居住在外省的一个小镇上……这一位是我们的爸爸(**她指着男子说**),那一位是我们的妈妈(**她指着妇人说**)……我的名字呢,叫卡罗琳,今年十一岁!

青年男子:我的名字叫吉拉尔,今年十五岁,我在学校念书!

青年女子:我也在学校念书!

青年男子,**指着老妇人说**:她是我们的奶奶;国营铁路公司的车票给她打七折。

五个人齐声道:

我们都信任法国储蓄银行!

青年女子:这是我们家的漂亮房子。

青年男子：爸爸是促销技术员。

青年女子：妈妈是家庭主妇，我们放学回家后就能吃到她准备的下午茶点。

青年男子：奶奶悄悄给我们吃冰糖。

青年女子：爷爷死于战争中。

男子，指着仆佣问：那他呢，他是谁？

青年女子：司机！

妇人：你脑子不清楚咋的，样板家庭里也有司机？

青年女子：是什么都会干的佣人。

青年男子：不，他是从乡下来的马塞尔叔叔；他给我们带了些新鲜的鸡蛋，还有一只鸭！

青年女子：不，他是大批外流的农村人口之一，这个问题从十九世纪下半叶起就十分严峻，到了今天仍在给我们的经济造成沉重压力。

青年男子：不，他是因战争重度致残人士，失去了说话的能力，再没能重新开口！

青年女子：我们每周日都乘爸爸的大轿车去乡下，一路观赏随季节而变化的自然景致：十月份，白天变短：太阳升起更迟，落得更早；这是秋天到了。早晚的天气变凉，必须加衣防寒。

燕子离开我们美丽的家乡，飞往更加暖和的地方。田野中可见乌鸦飞落，蜜蜂也钻进了蜂箱，而蝴蝶也再不见踪影。

树叶枯黄，随风飘落。

地里刨出土豆拔起甜菜；核桃、苹果和板栗等着摘收；农夫忙着耕耘劳作；园中的葡萄正在采摘。

十二月的白天全年最短：这是冬天来了。天气很冷。房子需要供暖，身上也要裹得厚实。有时温度计会标出零度以下，这时就会结冰，水面浮起冰层，地面冻得坚硬。有时还会下雪。奶牛不出牛圈，猫狗蜷在壁炉边取暖。鸟儿不再歌唱。树木纷纷叶落，几乎光秃秃一片。农人则忙于照料牲畜，维护他们的机器和工具。

　　三月间的白天越来越长。早晨，太阳升起略早，晚上落得稍晚：这是春季已至。阳光明媚的日子多起来，但早晚的天气通常还有些凉。夜里仍会结冰。偶尔还来上一阵夹杂着冰雹的骤雨。燕子和天鹅从温暖的地方回迁。树林里的鸟儿重展歌喉，"布谷"声声是杜鹃一泻欢畅。沼泽中听取蛙声一片，鸡圈里母鸡咕哒个不休，而家畜又重回牧场之路。

　　植物从冬眠中苏醒，汁液重新开始流动。草色欣欣麦苗拔节。紫罗兰、报春花、水仙竞相争妍。树木发芽抽枝。樱花桃花如白冠粉盖，栗树生出条条嫩枝。

　　田野间，农人整日劳作，播种燕麦甜菜，栽种土豆。

　　花圃果园里，或是修剪梨树苹果树；或是翻地耙土；或是播种锄禾，移植温床下生出的秧苗。

　　七月里，昼长夜短：是夏日已经来临：这是全年最热的季节，也是放长假的季节。太阳高悬蓝天上，正午热浪袭来，常令人难以抵耐。间或，沉沉乌云积压：那是暴风雨的前兆：很快闪电划过天际，雷声滚滚而来，狂风骤然而起，大雨滂沱而下。

　　大清早，鸟鸣啁啾，虫吟嗡嗡。蝴蝶戏花，蜜蜂采粉。青青草地家畜流连。

　　园里花木正盛。樱桃、草莓、桃李杏，黄瓜、甜瓜、西红柿，果实累累。小麦、燕麦、大麦、玉米,结穗成熟。

农人在田里从早忙到晚,因为有太多农活干不完。六月里,他们在牧场上割草、翻晒,再把干草存仓。七月间,燕麦和小麦黄灿灿一片。谷物一旦成熟,农人就开始收获。

长时间的静思。

男子:时间一年年过去,卡罗琳已经长成大姑娘了……

妇人:是时候考虑她的婚嫁了……

老妇人,**耳背痴呆的模样**:什么?

妇人,**拔高声音**:我说是时候考虑她的婚嫁了!

老妇人:哦!

男子:我正好在等人,是我的公证人图比诺先生热忱推荐来相亲的!瞧,这儿还有封他的信呢……(*阅读信笺*)……亲爱的乐谈且先生,我想为您的女儿寻找夫婿一事总算是有了着落:保尔·塔卡雷先生今晚十点将会以建筑师的身份前去府上拜访。我告诉他您要修建一栋房子……

妇人:但您没有房子要修建。

男子:这是个小花招……谈生意总是需要耍点儿花招的……我手上只有阿尔及利亚西部公司的债券……(*阅读信笺*)……塔卡雷先生是一个有分寸、讲规矩的年轻人,行为上也无可挑剔……他在特雷维兹街 17 号有栋石料外墙的房产。小伙子对此事一无所知……而你们也应当毫不知情……阅后即焚!

妇人:好细腻的心思!

男子：这位图比诺先生的心思简直比发丝还细呐！……他一无所知……而我们也应当毫不知情……你明白吗？

妇人：这样，我们就可以把他切片研究……剥皮观察……

老妇人：什么？

妇人：剥皮切片！！

老妇人惶惶不安地递给妇人一个土豆和一把刮刀。

妇人，大声道：不，不是这个！您不懂！算了，没关系！我等会儿再给您解释！

男子：注意！他来了！大伙儿自然点儿！（转向青年女子）把身子挺直了！我自己就假装看报！

仆佣领着青年男子进来。众人对他的出现装作漠不在意，另一边却偷偷对他上下打量。男子站起身，报纸仍拿在手上。

男子：很抱歉，这位先生是……我似乎不记得曾经有幸见过您……

青年男子：鄙人塔卡雷……建筑师……引荐我来拜访您的是图比诺先生……

男子：我的公证人。

青年男子：他告诉我您有意向我咨询一项工程事宜。

男子，作恍然大悟状：啊！不错……事实上……

青年女子，向妇人低声道：他有一头金发！

青年男子，侧身独白：小姑娘正在偷窥我！

男子：要建的是一栋房子……一栋大房子……有四……五层……或者六层高……

青年男子：我可以预见……那是栋很高的房子！

男子：同样也很长……看来我们的交流是没问题的！……关于地皮，我会交给您一份小型图纸……是我自己在一张方块型大纸上勾勒的草图……

青年男子：先生您还会制图？

男子：算不上绘图……我只是勾一些方块而已……咦，我把图放哪儿了？

青年女子，站起身：在抽屉里，爸爸。

男子：啊，对！你忙你的……（青年女子坐下）失陪一下！

男子去剧台深处从桌子的抽屉里取出一张四四方方的大纸。

男子：这就是我那块地皮……

青年男子，取过纸张：不介意我看看吧……

沉默。青年男子把纸张颠过来倒过去地看。

青年男子：这方块儿画得真不错……

男子：噢！我用了根尺子……我想在这上面修建……这么说吧，一栋舒舒服服的房子……到处开上窗户……（用铅笔指着图）这儿……这儿……这儿……这儿……还有这儿……

青年男子：抱歉打断一下……您好像忘了正门……

男子：也许吧！我毕竟不是建筑师……您自然会安排好的！……

青年男子：那是那是……您是想建一座现代风格的……

男子：那是自然……我可不想修栋建筑，风格还要上溯到……比方说……亚历山大大帝的年代。

青年男子，**讨好地笑道**：那可是古老的历史了。

男子，**同样笑着道**：非常古老！是不是，我的女儿？

青年女子：爸爸？

男子：你能告诉我亚历山大大帝是哪一年死的吗？（向妇人低声道）这安排够巧妙吧！

青年女子：公元前三百二十四年。

众人深为震惊。

男子：很棒的历史！（向青年女子继续问道）离今天有？

青年女子：两千一百八十四年！

老妇人一副深表怀疑的神情，扳着手指数了又数，试图验证显然错误的计算结果。

男子：很棒的数学！不是每个人都知道这些的！

青年男子：毫无疑问……我本人……

男子，**走近削土豆的几个人**：他不知道！可他还是建筑师呢！（压低声音）嘿！我不露声色就让她出了回彩！

青年男子，侧身独白：他们的目光让我背心发热……这让我觉得有些心慌（事实上，他却是面朝其他演员，背向观众的）。

男子，取回他的图纸：在花园里，我们立一座，如果有可能的话……一座规模宏大的喷泉……

青年男子：一座规模宏大的喷泉……

男子：一座规模宏大的喷泉，是的……用来构成……如果有可能的话……这就是您的任务了……我可不是建筑师……用来构成，我的意思是……一条曲曲折折的小河流……（用手指在图上勾划）……就像这个样子……这么说吧，一条阿迪杰河！

青年男子，吃了一惊：阿迪杰河？

男子：说到这里，卡罗琳！

青年女子，一下子站起来：爸爸？

男子：阿迪杰河汇入什么地方？

妇人，低声道：别慌。

青年女子：亚德里亚海，爸爸。

男子：沿途流经哪些城市？

青年男子，侧身独白：啊呀！这都赶上高考试题的难度了！

青年女子，背书似地念道：阿迪杰河流经的城市有：梅拉诺、特伦托、里沃利、维罗纳……

妇人，拍着手打断她：啊！太棒了，太棒了……

男子，满脸兴奋：维罗纳！洛维戈！（妇人走近青年女子身边和她拥抱；男子也上前和她拥抱……大家都互相拥抱）她让人感到震撼，不是吗？

青年男子：简直是奇才……（独白）这父亲也够傻的！

男子：这算不了什么……她还能说出所有在位过的法国国王……都不带打顿儿的！

青年男子：真的？……噢！如果不嫌冒昧的话……

青年女子，站起身：法拉蒙、克罗维、墨落维、克洛泰尔、达戈贝、希尔德利克克、矮子贝班①、查理曼、路易一世、查理二世、路易二世、路易三世、胖子王查理三世、糊涂王查理三世、路易四世、洛泰尔、于格一世·卡佩、虔诚者罗贝尔二世、亨利一世、腓力一世、路易六世、路易七世、腓力二世·奥古斯特、路易八世、路易九世、腓力·劳瑞②、勇敢者腓力三世·哈迪、腓力四世、路易十世、腓力五世、查理四世、腓力六世、约翰二世、查理五世、六世、七世、路易十一、查理八世、弗朗索瓦一世、亨利二世、弗朗索瓦二世、查理九世、亨利三世、亨利四世、路易十三、路易十四、路易十五、路易十六。

青年女子刚开始念诵得十分迅速，但很快就慢了下来，语调越来越迟疑；越是往后神情越是慌乱，几乎是张皇失措。她的身边，各个人物已经完全停止了扮演欧仁·拉比施笔下的人物角色：老妇人躺在床上似乎睡着了；妇人、男子和青年男子在凳子上坐下开始削土豆。几乎让人觉得只有青年女子一个人在台上。念诵

---

① 又作矮子丕平（译自英文）。
② 就史实而言，并无腓力·劳瑞其人，腓力三世继承其父路易九世为王。这里作者是利用了法语单词"勇敢大胆 hardi"与英文人名"哈迪 hardy"形似音近的特点，在文中玩了个文字游戏，夹入了美国喜剧双生子"老瑞与哈迪 Laurel & Hardy"的名字。

中的停顿越来越长，声音越来越焦虑。念诵完毕后，她惶然四顾，不知所措，最终还是在扶手椅上坐下。

很长时间的沉默。

男子站起来，在剧台上来回踱着方步。谁都没打破沉默。

老妇人：相中的是他么？
青年男子：是的。
青年女子：是不是现在都没什么关系了。
妇人：你干嘛这么说呢？
青年女子：噢，我腻烦得很，时间晚了，我很灰心。
妇人：最难的部分已经完成了……那么现在是不会用太长时间的。
老妇人：这话耳朵都听出茧子来了。
妇人：但这是事实。
老妇人：说来说去，我们也只是在原处徘徊。
青年女子：我们从来没有离目标这么远过！
老妇人：我们仍然在原地兜圈子呢。
青年男子：事情往往都是这样的。
妇人：我们本该料到的……毕竟不是头一次了……所以也不能说出乎我们预料。
青年男子：无论如何，都得试着走到底……哪怕会是越来越困难……

妇人：再说，我们的土豆也没削完，这儿还有一整袋要在入夜前削完呐……

沉默。

妇人，**强打精神**：我敢打赌，你们连土豆的来历都不清楚，恐怕还以为是巴尔芒捷发明的吧！

青年女子：哎呀呀！你不是说笑吧！我们少说也听您讲过五十遍了！

老妇人：土豆原产于哥伦比亚和秘鲁的山区丘陵地带。

青年女子：早在远古时代，当地土著就已经发现了土豆，他们称其为"帕帕斯"。而随着首批欧洲人的到达，当地人开始进行大规模种植，并以之作为主食！

青年男子：尽管土豆在三个多世纪以前就已经被引入欧洲，但开始广泛食用的年代距离我们却并不遥远。

青年女子：最先将这一珍贵的块茎作物引入文明世界的是约翰·霍金斯船长。1565 年，他自波哥大返回时，将几株样本带到了爱尔兰。

老妇人：但他的尝试未获得任何结果。

青年男子：稍后，著名航海家弗朗西斯·德雷克自美洲西海岸返航时，捎带了一些土豆到弗吉尼亚，而在那里的种植却获得了成功。1586 年，他回到英国时，又交给家中园丁几株，嘱咐他细心照料。

老妇人：园丁对此表现出极大的热情，因此弗朗西斯·德雷克随后得以将一些土豆作为礼物赠送给他的朋友植物学家吉拉尔，后者又将一部分寄送给某些闻人名流，其中就包括博物学家库希乌斯。库希乌斯是第一个在自己的著作中论及土豆的学者，使之从此为整个学术界所闻。

青年女子：然而，不论是在南方抑或是北方，土豆的价值并未得到应有的重视，尽管在一段时间内吸引过公众的好奇心，但很快就为世人所遗忘。

青年男子：那一次引进土豆种植的尝试徒劳无功，但二十年过去了，历史进入十七世纪初叶，海军元帅沃尔特·雷利……

老妇人：伊丽莎白一世的爱将，西班牙无敌舰队的征服者……

青年男子：远航而归时捎带了一些土豆到弗吉尼亚。

青年女子：这本珍贵植物的种种优点这一次得到了整个大不列颠上上下下的认可，种植迅速推广。

青年男子：然而，欧洲大陆却未能获取任何进展。在1616年的法国，土豆仅仅是路易十三餐桌上的一样稀罕食品而已。至于德国，也是从1650年才开始种植土豆，出于某些顽固而无理的偏见，很长一段时间内，本应大力推广的土豆种植反而受到诸多碍难。

男子，举着一只手站在剧台中央：巴尔芒捷适时而至，以强大的信念最终战胜了重重困难！

妇人，跟着站起来：这是位造福人类的志士，让我们来讲讲他的生平吧，因为他的事迹理应得到所有人的深切怀念，他的名字也应当为众口传唱！

随后所有的人物都站了起来：他们在剧台上四处走动，情绪越来越兴奋，无法自已，轮到自己开口时则猛然停住脚步……

老妇人：巴尔芒捷，昂图安·奥古斯丁，1737年出生于蒙迪迪耶。

青年男子：他曾作为药剂师随法军开至汉诺威。

妇人：1757年的战役中被俘后，他只能以土豆为食。德国人当时称土豆为"卡托非"，粗鄙无知地用来喂养牲畜！

男子：巴尔芒捷很快就意识到这种珍贵块茎作物在食用、营养、美味、保健、烹调以及经济各方面的价值，于是决心奉献毕生精力，以破除他的同胞们心中阻碍土豆推广的众多成见！

青年女子：事实上，当时的许多法国人都认为土豆是一种不健康的食品，有可能催生甚至传播麻风病。

青年男子：回到法国后，巴尔芒捷就着手开展这项宏伟而崇高的事业。

男子：他在参加贝藏松农学院1773年的会考时，呈交了一篇论文，指出土豆也可如其他含淀粉的茄科植物一样，成为供人类食用的替代性植物，从而更好地得到利用。

青年女子：随后，他被指定为残疾军人院的药剂师，于是就在萨布隆平原上租了一大块土地开始种植土豆！

妇人：他认为，法国人应当成为名符其实的法国人！

老妇人：因为当时土豆在法国被唤作"巴尔芒捷儿"，很可能就是源自我们这位农学家药剂师的姓氏。

男子：唉，令人扼腕的是，尽管他从收获的土豆中精心挑选品相最佳的样本，无偿赠给附近的农人，却只是徒劳无益，因为农夫们对他的劝勉无动于衷！

妇人：巴尔芒捷终于想出了一个巧妙的主意，因难成事。

老妇人：对许多人而言，困难反而是激励自身的强大动力。

青年女子：当局同意了他的请求，派驻武装岗哨在白天护卫他的田地。但收到了特别命令的士兵，只等天一擦黑就收队而归。

青年男子：这时，小偷们就从四周的村子赶来，争先恐后从巴尔芒捷的田里竭尽其能地搬土豆！

妇人：劫掠日甚一日，我们的主人公却心满意足，每天早晨都去察看夜里造成的损失，看到自己的出产正在遭受一场实实在在的抢掠，不由高兴得热泪盈眶！

青年女子：命运之路常令人难以捉摸！

青年男子：这条妙计最终消除了人们对这一新生食品的偏见。

老妇人：法王路易十六本人公开赞扬巴尔芒捷的成就，因此也促进了食用土豆的潮流。

男子：据说，为了凸显他对这位造福人类的志士的尊敬，结束朝臣们不厌其烦地在他耳边发出的戏谑、嘲讽和讥笑，这位君主于某日出现在杜伊里花园的时候，衣襟上赫然插着一束土豆花。

青年女子：驯顺而卑躬的侍臣自然是争相效仿。

老妇人：土豆的辉煌才刚刚开始！

男子：伴随着旧王朝崩塌的饥馑与粮荒到了年轻的共和国初年仍肆虐不止，这时惊愕莫名的世人才发现，救星就是土豆！

青年男子：时至今日，土豆种植已经让我们受益无穷，这一点世所公认，因此也无需赘言该植物种种让人难忘的优点。

妇人：**土豆万岁**！

青年女子：打倒大头菜！

男子：打败大白菜！

妇人：芹菜扔大街！

老妇人：花菜丢阴沟！

男子：打倒胡萝卜！

青年男子：终结四季豆！

妇人：绝对不再吃茄子！

青年女子：土豆万岁！

青年男子：打倒蔬菜大个头！

男子：不要波罗门参！

妇人：也不要蒲公英！

青年男子：萝卜直接下茅坑！

老妇人：打倒豌豆、蚕豆和绿豆！

男子：干掉蒲瓜！打倒芜菁！

青年男子：土豆万岁！

男子与其他人，齐声道：一切为了土豆，呀哈呀哈！——乌拉拉！呀哈呀哈！——乌拉拉！呀哈呀哈！——乌拉拉！！！

五名剧中人物跳起了环舞——或是康康舞——就像着了魔似的，放开嗓子高声歌唱。

老妇人：

削一削土豆皮

哪用费多大力

土豆就算带皮吃

大家照样挺欢喜!

众人齐声道：

土豆万岁万岁万岁万万岁（重复）

土豆万岁（重复）

男子：

除虫小事一桩

何需身强力壮

土豆削皮煮水

一样有滋有味!

众人齐声道：

土豆万岁万万岁……

妇人：

春日里来插秧

哪用泰坦上场

喝着土豆浓汤

大伙满心欢畅!

众人齐声道：

土豆万岁万万岁……

青年男子：

田里拔起土豆

只须动动指头

有了清蒸土豆
生活无愁无忧！
众人齐声道：
土豆万岁万万岁……

叠歌唱毕，老妇人已是精疲力竭，在剧台一角缓缓倒下，仿佛已经死去。

青年女子：
没有家财千万贯
土豆照旧买得起
来盘奶油土豆泥
口里喷香心甜蜜！
除了老妇人，众人齐声道：
土豆万岁万万岁……

与此前相同的地方，男子缓缓倒在一角。

妇人：
不过削削土豆皮
哪用评职和考试
尝尝土豆炸丸子
胜似庆贺佳节日！
除了老妇人和男子，众人齐声道：

土豆万岁万万岁……

同上：妇人任自己倒在地上，似长眠于此，无半丝生气。

青年女子：
水煮土豆不是力气活
举重冠军全然用不着
土豆切丝把菜做
大伙吃得真快活！
青年女子和青年男子：
土豆万岁万万岁……
青年男子：
菜盆里把土豆丢
不用拉斯普京愁
吃上一串炸土豆
幸福生活乐悠悠！

青年女子旋即昏倒当场。

青年男子，独自继续唱道：
万岁土豆万岁豆（重复）
土豆万万岁（重复）
万岁土豆万岁豆
土豆万万岁（重复两次）

他继续舞动片刻，随后察觉到只剩下自己一人，于是停下来，很快便如其他人一样倒在地上。

剧台上覆满尸体。仆佣于其间来来去去。长时间的沉默。死者一个接一个地爬起来，却仍旧在地上坐着，还稍稍有些喘息。

男子：现在怎么办？

妇人：不妨就这么待着；不是都死了么……结局通常都是这样子的……

青年男子：那是怎么死的呢？饿死的吗？

男子：饿死的？瞧瞧这一地的土豆！可能吗？不如算渴死的！

青年女子：愁死的……

老妇人：缠绵死的……

妇人：冻死的……

青年男子：不。我们是被别人的仇恨杀死的……

青年女子：别的人……

短暂的沉默。

男子：不行。得找点儿更厚重、更诱人的素材，就如鲜血、悬疑、战斗、波折横生的情节……比方说我自己吧，我是国王的兄弟，我杀害了国王，随即娶了她的遗孀……（转向老妇人）你就是那位遗孀，你的名字叫做乔特鲁德……然后我成了国王！可问题在于，我有个侄子，是你和已故的国王所生的儿子，他心中有所怀疑，但由于他对自己没啥信心，于是决定装疯！你们明白我在说什么吧？（转向青年男子）你就是那位侄子，一个大小伙子，非常的敏感，喜欢默默沉思，脾性也不怎么样！好了，我接着讲：由于成天装颠扮傻，以至于大家最终相信他真的疯了，结果他自己的未婚妻也跟着疯了，整日价只会编花环，直到有一天坠水而亡，失足、谋杀还是自尽，谁也不太清楚……（转向青年女子）所以你呢，你死了，去找个角落待着吧，别杵在正中间，我们还需要地方呢……好了，这时候，侄子简直是后悔死了，可真正暴怒如狂的却是年轻未婚妻的兄弟，更何况他的父亲也是被这位侄子干掉的！

青年男子：呆在幕后指手画脚，这都是什么主意！我还以为是只老鼠呢！

男子：不管怎么说，总算是有了个了结！别忘了，那位年轻的兄弟本应是青年男子最好的朋友，可现在呢，他觉得青年男子的行为实在是超出了底限，于是和国王勾结到一起，毕竟国王从自身角度考虑，可是太有理由要摆脱一个讨厌的侄子，以便将他毒死在决斗之中！明白了么？

妇人：那谁来扮年轻的兄弟呢？这会儿可只剩下我了！

男子：就是你了！大家准备好！仔细听我解释（向着妇人和青年男子道）你们俩，进行决斗；（向妇人道）你的剑上淬过毒，但在你来我往的猛烈攻击中，你们错换了彼此的花剑，然后双双受伤！就在之前，（转向老妇人）你呢，你将喝下这盏中之酒，杯盏上同样下了毒，那是我让人准备的，以防决斗不能达到预期的效果！于是你中毒而亡！你的儿子急急扑上来！未婚妻的兄弟告诉他真相之后也随着倒下，而他自己呢，爆发出最后一击，把我刺杀！（他扳着指头数）一二三四五，数目正好！

妇人，指着仆佣道：那他呢？

男子：他当围观人群、朝臣、士兵，跑跑龙套、敲敲边鼓，并负责录下我们的临终遗言。

人物角色各就各位。老妇人在扶手椅上坐下；青年女子躺在凳子旁边；妇人和青年男子手持两把刮刀，立在剧台前区做出防御姿势；男子在扶手椅边站定。

妇人：这样可以吗？

男人：好极了！大家注意，准备好了！（他清清嗓子）好嘞，开始！诸位评判人，你们擦亮眼睛瞧仔细了！

青年男子：接招吧，先生！

妇人：殿下看剑！（他们开始攻击）。

青年男子：中了一剑！

妇人：没有。

青年男子：请评判！

青年女子：击中了！非常明显的一击！

妇人：那好吧！我们再来过。

男子：且慢，先给我斟杯酒。哈姆雷特，这颗珍珠是你的；我为你健康举杯。把酒端给他。

青年男子：让我先结束这一局；酒且放到一边去。来吧！（**攻击再次开始**）又中一剑！您怎么说？

妇人：中了，我承认是中了！

男子：我们的儿子一定会获胜的。

老妇人：他有些过胖，气喘不匀了……给，哈姆雷特，拿我的手绢擦擦额上的汗。王后饮下这杯酒以祝你的胜利，哈姆雷特。

青年男子：多谢夫人美意！

男子：乔特鲁德，别喝！

老妇人：我一定要喝的，陛下；请原谅我，求您了。

男子，**旁白**：这杯酒中下了毒！现在太迟了。

青年男子：我这会儿还不敢喝酒，夫人；再等片刻吧。

老妇人：过来，让我为你擦擦脸。

妇人，**对男子道**：陛下，这次我定会刺中他的。

男子：我可不信。

妇人，**旁白**：然而这却几乎违背了我的良心。

青年男子：来吧，第三个回合，雷欧提斯！您把这当游戏了么？请使出您的看家本事吧；我可不愿您把我当小孩儿看。

妇人：这可是您说的！看剑！（**二人又斗在一起。**）

青年女子：双方均未命中。

妇人：现在该您了！（**雷欧提斯刺伤哈姆雷特。然后二人在争斗中各自夺走对方的花剑，哈姆雷特随即将雷欧提斯刺伤。**）

男子：把他们分开；他们斗出真火来了。

青年男子：不，接着来！

老妇人跌倒。

青年女子：救救王后！这儿！喂！

男子：他们俩都在流血，这是怎么回事？

青年女子：您怎么样啦，雷欧提斯？

妇人：唉！就如一只落入自己布下的陷阱的鸢鹰！杀死我的正是我自己设下的圈套！

青年男子：王后怎么样啦？

男子：她见着他们流血，自己昏过去了。

老妇人：不，不！是那杯酒！那杯酒！噢，我最疼爱的哈姆雷特！是那杯酒！那杯酒！我被人下了毒。

她死去。

青年男子：噢，卑鄙！……来呀！给我把门关上！有人暗设诡计：定要查个分明！

妇人：哈姆雷特，这诡计我清楚：哈姆雷特，你被人暗害了；这世上无药可救；你顶多还能再活半个小时；罪恶的凶器就在你手中，不但除去了剑尖的皮头，还抹上了毒液；狡计恶毒，却不想机关算尽反算了自己。瞧！我倒在了这里再不能站起；您的母亲同样被下了毒……我不行了……国王……国王才是罪魁祸首……

青年男子：剑尖也涂了毒！那么，毒素，发挥你的作吧！

他刺向国王。

青年女子、妇人和老妇人，*半撑起身子*：背信弃义！背信弃义！

男子：噢！别放弃我，朋友们，我不过受伤而已！

青年男子：哼！你这败坏伦常、嗜杀无度、万恶不赦的丹麦奸人！喝干这杯毒酒吧！……你的珍珠在这儿吗？随我母亲去吧。

男子死去。

妇人：他罪有应得：这是他亲手调制的毒药。让我们彼此宽恕对方吧，尊贵的哈姆雷特。我不怨你杀死我和我的父亲，你也别怨我夺走你的生命！

她死去。

青年男子，*奄奄一息，倒在仆佣的怀中*：愿上天宽恕于你！我即将随你而去……我要死了，霍拉旭……永别了，可怜的王后……你们这些见证了这幕惨剧的观众啊，在这场灾难之前你们战栗失色，口不能言，若非我已没有时间，若非死神这残暴的帮凶要急急将我拘走，哎，我本可告诉你们……还是由它去吧……霍拉旭，我要死了；但你，却还活在世上！证明我的清白，向未知真相的人宣讲我所行之始由……

他死去。

长时间的沉默。随后仆佣一直走至台前。

仆佣：他们被罚囚禁于监狱，但却没人瞧见他们的牢房；他们骑乘在马背上，但却没人看见他们的坐骑；他们把芦苇当做长剑去战斗；他们死去后却又随即爬起。
因为疯子的行为又怎么能为智者所料中呢。